W0376842

À Méa, *parce que* Méa *coule pas…*

FLUCTUAT

André Dubosc déboula dans le *Bar du Marché*, bar-restaurant situé juste à côté du marché d'Arcachon, sans même embrasser Josiane, la patronne – qui n'eut pas le temps de s'en offusquer, occupée qu'elle était à essuyer et ranger des verres. Il se dirigea tout droit vers sa table habituelle, où Vincent et quatre autres pêcheurs-plaisanciers étaient déjà installés ; ils y avaient établi leur quartier général depuis bon nombre d'années. Avec eux, on ne parlait que de pêche, de météo, des cèpes qui tardaient à pousser, ou de l'entretien ruineux des bateaux.

Là, l'argent, la politique et la religion étaient des sujets bannis.

Le *Bar du Marché* était une sorte de bastion hors du temps, une citadelle assiégée résistant au modernisme luxueux qui transformait à marche forcée le centre-ville d'Arcachon en station balnéaire chic. Marcel, le propriétaire, en avait hérité de son père au tout début des années 1970, et s'était marié à Josiane, la fille de l'ancienne serveuse. Ils habitaient l'appartement au-dessus du commerce et, s'ils ouvraient du lever du jour jusqu'à 22 heures, ils n'avaient jamais eu l'impression de peiner. Les clients étaient des amis, et servir des amis, ce n'était pas travailler. Les quelques jours d'automne où Marcel allait à la chasse, Josiane se faisait aider par le fils du boulanger, un bon garçon.

Au *Bar du Marché* on buvait un verre… ou plusieurs. On y achetait ses cigarettes, et on y lisait le *Sud Ouest*, qui passait de table en table. Sur un écran de télévision, on pouvait aussi surveiller l'arrivée de la dernière course à Longchamp ou commenter le match de rugby opposant Dax et Mont-de-Marsan. Une piste de dés au velours déchiré traînait sur un coin du bar, entre un distributeur de cacahuètes rouge, un présentoir à œufs durs et un jeu de cartes écorné.

Josiane et Marcel n'avaient jamais voulu changer l'agencement de leur commerce, qui, après avoir été vieillot et suranné, était devenu typique et plein de charme – même si cela semblait échapper aux propriétaires.

Il faut dire que rien ne manquait au *Bar du Marché*. Du comptoir en Formica véritable du plus bel orange aux robustes chaises en acacia ployé en passant par les cendriers Dubonnet et les carafes d'eau Ricard, tout y était. Les murs étaient revêtus d'une tapisserie à motifs de fleurs jaunis par ces années où on fumait encore dans les lieux publics. Pour un peu, on n'aurait pas été surpris, un soir d'hiver, d'entendre à la télévision le président Pompidou présenter ses vœux à ses concitoyens, vanter la grandeur de la France et regretter l'inflation galopante. Et si Marcel avait débranché le flipper – jugé trop bruyant –, le juke-box acceptait désormais les pièces de cinquante centimes et entonnait Aznavour ou Bécaud à la moindre sollicitation.

Même Josiane et Marcel étaient d'époque.

Elle, en toutes circonstances, arborait une coiffure permanentée aux couleurs improbables qui évoquaient celles d'un ara. Elle portait volontiers des tuniques multicolores à motifs abstraits ou des robes-sacs qui avaient été très à la mode au précédent millénaire.

Lui, les cheveux teints et gominés avec banane réglementaire et raie sur le côté droit, suçait du matin au soir un cigarillo éteint sous sa fine moustache à la Clark Gable.

Le vieux percolateur à gaz faisait songer à une locomotive à vapeur, et la pompe à bière avait perdu son chromage depuis longtemps.

Debout, accoudés au bar, s'attardaient toujours deux ou trois marins-pêcheurs professionnels, commentant la dernière marée, s'inquiétant de l'ensablement des passes et de leur franchissement sans cesse plus dangereux et aléatoire. Il fallait de plus en plus souvent débarquer leur pêche à La Rochelle pour la faire acheminer en camion à la criée d'Arcachon, ce qui grevait lourdement la marge bénéficiaire. Ceux-là, on les reconnaissait à leurs mains. Gonflées par le froid et l'humidité, couvertes d'excoriations et de plaies, leurs immenses pognes dissimulaient totalement les verres qu'elles serraient.

André Dubosc, à la tenue d'ordinaire à peu près soignée, portait encore sa vieille marinière délavée, trouée, constellée d'écailles de poisson, ainsi que ses bottes de plastique vertes qu'il réservait habituellement à la pêche. Il était blanc et hagard. Il s'assit et, sans ambages, vida cul sec le verre de pastis de René, qui protesta sous l'effet de la surprise. Il ôta enfin son béret, qu'il roula machinalement en boule, laissant apparaître quelques cheveux en bataille sur un crâne luisant de sueur, puis tenta une explication. Mais les mots se bousculaient et ses gestes de sémaphore ne l'aidaient pas à s'exprimer.

Dédé était plus connu de ses comparses pour ses mésaventures halieutiques, les pannes à répétition du moteur de sa pinasse et sa tendance à galéjer que pour ses talents d'orateur. Mais il connaissait le fond du Bassin mieux que personne et, depuis qu'il avait pris sa retraite de contrôleur de la SNCF, sa femme ne le voyait que par très mauvais temps, lorsque les goélands se posaient sur la plage et que seuls les fous et les estivants arpentaient encore la jetée Thiers battue par les vagues.

– Eh bé, Dédé, t'en fais une tête, t'as coulé ou quoi ?

– Oh punaise, vous n'allez pas me croire, j'ai eu la peur de ma vie ! Josiane, attrape-moi un cognac !

Ses amis, rigolards, attendaient impatiemment la suite, mais Dédé avait l'air très ému, et il était étrangement livide. Vincent s'en soucia, mais cela n'empêcha pas les autres de continuer à se moquer de lui.

– Je parie que t'as pêché un kangourou ! s'amusa René.

Dédé, haussant les épaules, continuait à bégayer.

– J'étais devant Taussat, dans le chenal de Moutchalette, au jusant, eh bé, eh bé…

– T'es tombé sur une sirène, le coupa René. Tu l'as montée à bord et tu l'as troussée sur le pont de ta pinasse avant de la remettre à l'eau, c'est ça ?

Tout le monde s'esclaffa.

– Vous êtes vraiment tous des imbéciles.

Vincent, agacé de voir son ami Dédé en mauvaise posture, et s'inquiétant de son teint cireux et de ses yeux écarquillés, choisit de siffler la fin de la récréation et de voler à sa rescousse.

– Vous allez fermer vos grandes gueules et écouter ce pauvre Dédé, vous voyez bien qu'il n'est pas bien.

Entre Vincent et Dédé, c'était une vieille amitié, une amitié étrange mais indéfectible, liée au bassin d'Arcachon et à la navigation. Cela remontait à six ans… peut-être sept.

C'était un soir d'hiver, entre chien et loup, un de ces jours maudits où il n'y avait pas un souffle d'air et que la marée descendante tirait un courant de tous les diables vers les passes et le grand large. Vincent, seul à bord de son voilier, ne pouvait plus regagner le port d'Arcachon avec le vent. Lorsqu'il avait voulu démarrer le moteur de son bateau, un début d'incendie s'était déclaré et, désemparé, il avait continué à dériver jusqu'à s'échouer sur un banc de vase, sans même avoir eu le temps de mouiller son ancre.

Le propriétaire d'une vieille pinasse qui passait par là avait repéré le manège. C'était un tout petit bonhomme, avec un béret et une vareuse trouée. Il avait commencé par tourner de longues minutes autour du voilier de Vincent, certainement pour réfléchir, puis, s'approchant à portée de voix, il lui avait proposé :

– Lancez-moi une remorque, frappez-la à votre étrave, je vais faire tourner votre bateau sur lui-même pour le déséchouer en m'aidant de la marée. Ensuite, je vous ramène au port.

L'homme avait effectué la manœuvre de main de maître et, malgré la faible puissance du moteur de la pinasse, le voilier était sorti de sa mauvaise posture. C'est ainsi que Vincent avait connu Dédé et sa pinasse *Marie-Thérèse.*

Ce qui avait le plus surpris Vincent, c'était que Dédé n'avait fait aucun commentaire désagréable sur cette mésaventure. Il ne s'était pas moqué. « Ça peut arriver à tout le monde », s'était-il contenté de dire en haussant les épaules et en aidant Vincent à amarrer le bateau à bon port.

De multiples discussions de ponton s'étaient ensuivies, puis des sorties en mer, des parties de pêche et quelques bons gueuletons sur *Marie-Thérèse* ou *Méa*, le voilier de Vincent. Dédé ne comprenait pas que Vincent puisse prendre plaisir à naviguer sur une embarcation constamment penchée d'un côté ou de l'autre et encombrée de cordages. « Y a jamais rien de plat ou de droit sur ton fichu rafiot, t'es obligé de tenir constamment ton verre à la main, et puis avec tout ce fourbi de cordages comment tu peux t'y retrouver ? »

Dédé était un retraité simple, doux, émotif et plein de bon sens. À l'opposé du commissaire de police Vincent Laffargue, impétueux, colérique et assez imprévisible. Dédé allait sur ses soixante-dix ans, Vincent approchait à peine de la quarantaine et était aussi athlétique que Dédé était frêle. Vincent avait perdu son père depuis fort longtemps et Dédé n'avait pas eu de fils.

Un jour, leur copain René, agacé que Vincent vole une fois encore au secours de Dédé qui se faisait brocarder, leur avait dit qu'ils étaient la carpe et le lapin. Ce à quoi Dédé, d'habitude réservé, lui avait répondu que si ces animaux parlaient, ils lui diraient merde.

– Allez, Dédé, on t'écoute, raconte-nous. Et vous, bande d'abrutis, ne l'interrompez pas ! menaça Vincent.

– Donc, j'étais mouillé devant Taussat, au jusant. J'avais posé un filet pendant que je cassais la croûte, et puis j'ai fait une petite sieste.

– De deux ou de trois heures ? essaya René, moqueur. T'étais rond comme une queue de pelle, oui. T'avais encore pris un coup de pied de barrique ?

– Tu vas le laisser continuer, oui ? s'emporta Vincent sans réussir à impressionner René, toujours hilare.

– Bref, quand j'ai voulu remonter mon filet, pas moyen. Et tire que je te tire, je faisais gîter cette pauvre *Marie-Thérèse* et y a rien qui venait. Alors, je me suis dit que j'avais accroché la planète, un pignot cassé, ou un chantier d'huîtres abandonné par un sagouin…

– Et t'as remonté un char allemand, un panzer ! s'esclaffa encore René.

Dédé haussa les épaules et continua.

– Un filet presque neuf, en plus, que j'ai acheté à la coopérative maritime au printemps dernier, un filet impeccable, pas un accroc, rien. Bref, je finis par gagner du terrain, centimètre après centimètre, jusqu'à faire affleurer quelques instants un truc sombre qui repart aussi sec, mais qui ne se dégage pas pour autant et qui continue à plomber. Moi, tout ce que je voulais, c'était récupérer mon engin de pêche. Et que je tire encore et encore, et le truc remonte. Je l'appuie sur le bordé de *Marie-Thérèse* et je regarde de plus près. Et là, je vois que c'est une charogne. Il y en a toujours dans l'eau, mais celle-là, elle était bien grosse. Et à l'air libre, ça puait sacrément. Et qu'est-ce que je vois ? Un vêtement… avec des boutons… à l'autre bout, une godasse. Je regarde de l'autre côté : une tête avec des cheveux. Oh ! putain de moine, j'ai tout lâché. J'ai levé l'ancre en priant le bon Dieu que le filet ne se prenne pas dans mon hélice, que je remorque pas un noyé avec *Marie-Thérèse* ! Arrivé au petit port, j'ai voulu en parler à un gars de la gendarmerie maritime, le même qui m'avait mis un PV l'année dernière parce que soi-disant j'avais pêché trop de pibales. Il m'a dit qu'il avait autre chose à faire qu'écouter mes salades.

– Mais tu lui as dit ou pas ? demanda Vincent.

– Finalement non, il se serait foutu de moi. Comme René. Alors j'ai laissé tomber.

– Tu m'étonnes, lâcha René, ils te connaissent plus pour braconner que pour jouer au flic des mers.

– Donc, vous ne me croyez pas, reprit Dédé, vexé.

– Bien sûr que non ! T'as attrapé une saloperie un peu pourrie comme il y en a tant sur le Bassin, c'est tout. Un cadavre… Qu'est-ce que tu vas chercher, mon pauvre Dédé. Tu es victime de ton imagination, c'est tout ! Moi, je comprends le gendarme, il a effectivement autre chose à faire. Et puis, souviens-toi, le jour où tu nous as dit que t'avais attrapé un congre de deux mètres.

– Eh bien ?

– Eh bien, ton voisin de ponton qui a vu la bête m'a dit qu'il faisait à peine un mètre.

– Qui c'est qui t'a dit ça ?

– Le moustachu qui a repeint son bateau en rouge l'année dernière, comment il s'appelle ?

– Raymond. Ça m'étonne pas de lui, il attrape rien, c'est un jaloux. Quand il me voit débarquer mes loubines, il n'en peut plus.

Vincent trancha en soutenant Dédé.

– Moi, je te crois. Mais dis-nous pourquoi t'as pas appelé à la radio sur le canal 16, le canal général. Tout le monde t'aurait entendu.

– J'avais plus beaucoup de batterie, et la dynastar du moteur recharge mal. Et puis j'avais peur d'être ridicule, de passer pour un idiot. La preuve, regarde le René, il n'en peut plus de se foutre de moi ! Mais, Vincent, je ne vais pas me laisser faire. Je vais le retrouver, ce macchabée. Et toi, René, je vais te le mettre sous le nez, et tu n'auras plus qu'à bouffer ton chapeau et me présenter tes excuses. Et en plus, j'aimerais bien récupérer mon filet. Parce que Simone ne va pas vouloir que j'en achète un autre. D'ailleurs, j'y retourne dès demain. Ce qui serait bien, Vincent, ce serait que tu m'accompagnes. C'est lourd, un corps. C'est lourd et puis… j'ai un peu la trouille. Et comme en plus t'es commissaire de police…

– Dédé, je ne peux pas. J'ai prévu de sortir en bateau. Faut que j'initie quelqu'un à la voile.

– Ah, je vois… Tu sors une greluche, c'est ça ? Tu vas lui faire le coup de la promenade romantique à la voile, du déjeuner au banc d'Arguin, et plus si affinités dans la couchette avant ?

– Dédé, dis pas ça. C'est un jeune magistrat. Je vais lui apprendre à vomir proprement par-dessus bord. Ou au pire à passer la serpillière.

– Bon, alors, après-demain ?

– Tu m'auras tout fait, mon pauvre Dédé… Je veux bien t'accompagner, mais pas parce que je suis flic : parce que je suis ton pote, que je suis en vacances pour une quinzaine de jours et que je ne veux pas te laisser tomber. Et comme je doute qu'on trouve ton cadavre, on en profitera pour pêcher. Je vais prendre quelques leurres, des mitraillettes et des appâts.

– Et pourquoi on le trouverait pas ?

– Parce que d'ici qu'on y soit, je crains que ton bonhomme ait fait de la route. À quatre nœuds de vitesse de courant et deux marées, il peut aussi bien être dans le chenal de Piquey qu'au Ferret, à la Salie ou au Petit Nice.

– Si les congres ne s'en sont pas occupés, ajouta René.

– Ça, c'est sûr. Rendez-vous après-demain à 9 heures à la *Marie-Thérèse*, je porte le déjeuner. Et la marée ?

– Pleine à 13 heures.

Marcel, le tenancier, s'approcha de leur table, la bouteille de pastis à la main. Tout en remplissant d'autorité les verres des compères, il s'enquit :

– Vous restez à dîner ?

Ils s'interrogèrent mutuellement du regard avant de répondre :

– Qu'est-ce que tu as ?

– Il y a un bateau qu'est rentré cette nuit, le *Sirius* de Peyo. Soles, loubines, tourteaux, maquereaux. Sinon, petit salé aux lentilles, confit d'oie… avec des frites. Et j'ai un haut-médoc qui gagne à être connu.

Marcel achetait son poisson au cul du bateau. Exclusivement la part du pêcheur, celle qui était laissée aux matelots par le capitaine – une sorte de pourboire lorsque la marée avait été bonne. Payée discrètement et en espèces, cette vieille tradition garantissait à Marcel d'avoir un poisson incomparable au meilleur prix, et aux matelots de pouvoir boire des coups, d'acheter cigarettes et jeux à gratter hors du budget familial. Au final, l'argent revenait dans la caisse de Marcel. Seuls les poissons et le fisc faisaient les frais de ce mouvement perpétuel.

Vincent quitta ses amis pour rejoindre son bateau à pied. Il aimait marcher seul, le long du boulevard de la Plage, puis emprunter le chemin de planche jusqu'au port de plaisance. Sa femme, Sylvie, et leur fils, Pierre, n'avaient pas pu le rejoindre. Ils étaient encore pour plusieurs jours à Bordeaux, où Sylvie tenait son club de gymnastique. Quant à Pierre, il était retenu par un stage de rugby.

La perspective de quelques jours de solitude ne pesait pas à Vincent, qui se sentait en harmonie avec la nature, son voilier et ses copains. Il se sentait même plus serein que jamais.

Quelques mois plus tôt, il avait été écarté de la section criminelle de la PJ pour être relégué aux enquêtes dites générales, c'est-à-dire aux enquêtes administratives. Si, dans cette nouvelle affectation, il lui était difficile de déplaire ou de déranger, il s'accommodait parfaitement de ces enquêtes papier qui sommeillaient gentiment la nuit dans leurs armoires. Et, lorsqu'il croisait en famille à la barre de *Méa* entre Concarneau et Gijón, il se disait que cette éviction était une bénédiction.

Il rentrait tous les soirs à des heures chrétiennes, il pouvait organiser ses week-ends et accepter des invitations sans devoir se décommander à la dernière minute. Le dernier Noël avait été, pour lui, le premier passé en famille. Et il en avait découvert la valeur. Sa réputation de chat noir s'estompait et les inspecteurs ne craignaient plus de travailler avec ce commissaire qui attirait la foudre.

Il marchait lentement, les mains dans les poches, s'arrêtant de temps à autre pour regarder un voilier virer de bord, critiquer la manœuvre et flâner en admirant les villas du bord de mer.

L'histoire de Dédé le tracassait. Vincent ne pouvait pas laisser son ami se débrouiller avec cette affaire de cadavre, mais il n'avait pas non plus envie de s'embarquer dans l'une de ces aventures scabreuses qui lui collaient si souvent aux doigts et qui pourraient lui gâcher ses vacances. Qu'avait pu voir Dédé ? Ne s'était-il pas laissé embarquer par son imagination ?

Vincent rejoignit son bateau, dont la cabine représentait pour lui un giron inexpugnable, un lieu hors du temps et de l'espace. Il se prépara des spaghettis en écoutant la radio et se surprit à rejoindre sa couchette à 20 h 30, avec un roman dont il lut la première page pour la quatrième fois avant de s'endormir.

Le surlendemain, debout sur le ponton, devant l'étrave de *Marie-Thérèse*, Vincent avait beau s'égosiller : Dédé, de l'intérieur, ne l'entendait pas en raison du bruit infernal que faisait le vieux moteur de la pinasse. Et comme on ne monte jamais à bord sans l'accord du patron, Vincent en fut réduit à taper longuement sur le pont avant que Dédé ne daigne passer la tête hors du roof et lui fasse signe de monter à bord en haussant les épaules.

Pendant que Vincent chargeait l'avitaillement, Dédé s'entretenait avec le moteur hors d'âge de son embarcation, alternant un coup de chiffon amoureux sur la culasse du bourrin et un bon coup de gaz. Ces derniers provoquaient à chaque fois un panache de fumée noire malodorante, et ne manquaient pas de faire vibrer la pinasse de toutes ses membrures.

Marie-Thérèse était une vieille dame. Sortie des chantiers Lapeyre de Gujan-Mestras en 1952, étroite et élancée, elle portait beau ses dix mètres de bois, ses deux cockpits et son poste de conduite abrité. Trop étroite, elle roulait d'un bord sur l'autre dès qu'on empruntait un passavant, ou qu'on prenait une vague par le travers. Dédé l'avait barbouillée de peintures criardes et naïves qui détonnaient avec son faux air de drakkar. Elle naviguait toute l'année et, d'après Dédé, elle ne faisait pas une goutte d'eau. S'il disait vrai, c'était la seule pinasse vraiment étanche du Bassin.

L'armement de *Marie-Thérèse* était, toujours selon son propriétaire, au-dessus de tout soupçon, même s'il se réduisait à un décapsuleur, un tire-bouchon baptisé *tournevis arcachonnais*, un ouvre-boîtes et un Opinel.

Le point faible de *Marie-Thérèse* était donc bien son moteur, ce vieux Couach d'origine, usé jusqu'à la corde, suant l'huile et fumant de toutes les couleurs. Pour Dédé, *Marie-Thérèse* était cardiaque ; il suffisait de la ménager.

– T'as emmené des mitraillettes ?

– Bien sûr. Et même des couteaux pour le griset.

La petite dorade grise mordait bien à l'appât de choix que constituait le couteau, ce drôle de coquillage allongé, au muscle ferme et qui tient si bien à l'hameçon.

– Largue les pointes avant, on y va !

Marie-Thérèse recula lentement avant de tourner gracieusement sur elle-même et de se diriger dans un nuage de fumée vers la sortie du port. Menée de main experte, elle obéissait au doigt et à l'œil, à la satisfaction décontractée d'un Dédé aux anges.

Vincent, occupé à monter les bas de lignes, cria pour couvrir le bruit du moteur :

– Où va-t-on ?

– On va remonter le chenal de Mapouchet jusqu'au chenal de Moutchalette. J'ai réfléchi. Il est bien possible que notre gus se soit accroché à un pignot ou à un chantier d'huîtres.

– Tu m'emmerdes avec ton cadavre ! Il a probablement franchi les passes pour partir au large. Et si ça se trouve il est revenu au montant, et même reparti au flot pour emmancher le chenal de Piquey. Alors là, tu m'as compris… Il est à Andernos.

– Oui. On ne le retrouvera pas, et je passerai pour un menteur.

– Pour un mythomane…

– Je ne vois pas ce que le sexe vient faire là-dedans, coupa Dédé en haussant une nouvelle fois les épaules.

– Au milieu de Mapouchet, tu mettras un moment en dérive. On va mouiller du fil, juste pour voir si ça mord.

– Et mon cadavre ?

– Oublie-le ton macchabée, Dédé, on s'en fout. On ne le verra pas de la journée. Et s'il est encore à la surface, j'espère qu'il se trouvera un autre couillon pour le repérer et le signaler aux pandores. Et puis c'est grand, le Bassin ! On ne va pas se chercher des complications.

– Ça se voit que c'est pas toi qu'on a traité de menteur.

Dédé mit *Marie-Thérèse* en panne, et la pinasse se mit à dériver lentement, travers au vent, en roulant légèrement bord sur bord. Dédé lança sa mitraillette, pendant que Vincent choisit d'appâter au couteau.

– On fait comme d'habitude ?

– Comme d'habitude. Celui qui attrape le premier poisson sert l'apéro.

Quatre grisets et six coustuts plus tard, Vincent suggéra de déjeuner.

– On va se poser sur la Matte Longue, à côté de la pointe du Bouc, ça ne bouge jamais, là-bas.

Pendant que Dédé barrait *Marie-Thérèse* avec attention, Vincent lui apporta un pastis.

Il sourit en levant son verre.

– J'ai encore gagné, c'est moi qui ai fait le premier griset !

– Ça ne te rappelle pas l'ambiance de la gare de Tours-Saint-Pierre-des-Corps, les dimanches soir d'hiver, lorsque les Bordelais remontaient en wagons-lits, l'air triste, vers Paris-Austerlitz avec leur petite valise de petits fonctionnaires déracinés ?

– Non, j'ai oublié tout ça... Les bidasses permissionnaires qui dormaient sur leur baluchon, l'odeur terrible des compartiments fumeurs et leurs banquettes de moleskine verte… T'as raison, Vincent, on est bien mieux là.

– Raison de plus pour oublier ta charogne.

Dédé échoua en douceur *Marie-Thérèse* dans la vase et lança à Vincent :

– C'est bon, on est tankés, mais on va tout de même balancer la pioche, j'ai pas envie qu'on bouge pendant le repas. Après, tu peux préparer les grisets, on va les faire griller avec un jus de citron et du riz.

Pour Dédé, le déjeuner était sacré. Du pastis au café, il communiait. Il parlait le moins possible, regardait la mer, l'Opinel pointé vers le ciel.

Vincent, qui connaissait son ami, le trouva particulièrement absent. Il le tira de sa méditation :

– Tu penses encore à ton bonhomme ? Ça tourne à l'obsession ! Tu crois pas qu'on devrait plutôt aller taquiner la loubine vers les passes, cet après-midi ?

La bouche trop pleine, Dédé opina d'un hochement de tête assorti d'un grognement. Une déglutition pénible plus tard, il précisa :

– Je ne veux pas passer plus longtemps pour un fada. Il faut que je le retrouve.

Dédé roula patiemment une cigarette de tabac Caporal avec une feuille de papier Job, puis, tout en regardant les rives du Bassin, il alluma son infâme calumet avec un briquet à essence qui enflamma et en noircit l'extrémité.

– Vincent, regarde-moi ce bazar… Tout le littoral est hérissé de grues. Ça construit à tire-larigot. Dans vingt ans, on ne reconnaîtra plus notre Bassin. *Marie-Thérèse* ne fera plus cap sur le château d'eau d'Andernos ni le réémetteur de télévision de La Teste, mais sur un supermarché. On ne les verra plus derrière cette barre d'immeubles, et la côte ressemblera à la Grande-Motte.

Certains dépensent des millions pour avoir, quinze jours durant, leur petite vue sur le Bassin… D'où sortent-ils tout cet argent ? Et les promoteurs ? Comment font-ils pour avoir tous ces permis de construire, au bord de l'eau ? Tu le sais, toi ?

– Non, je ne sais pas, Dédé, et le pire c'est que je m'en cogne. Tout fortunés qu'ils soient, ces gens-là n'iront jamais mouiller *Marie-Thérèse* à la Matte Longue pour aller y avaler des grisets et boire un coup avec un couillon qui fume un tabac dégueulasse.

– Peut-être, mais quand tu vois que maintenant le Bassin attire même les Ruskoffs qui arrosent tout le monde et qui font des affaires de fou, tu peux t'inquiéter. Un jour, ils vont nous chasser. Ils nous feront partir par l'argent. Je te donne un exemple : il leur suffit de tripler le prix de la place de port, et *Marie-Thérèse* et moi on est obligés de partir. À mon âge, je ne peux plus me contenter d'un corps-mort pour *Marie-Thérèse*, je ne peux pas la rejoindre avec un youyou, dans le clapot. Il me faut un ponton. Tu vas voir qu'on se fera virer de chez nous par les Parisiens et les Russes. Des communistes qui se sont transformés en quelques années en capitalistes de la pire espèce.

– On ira pêcher sur la Neva ou la Volga, on sera plus peinards…

– T'as aucune conscience politique, Vincent. Moi, j'ai milité longtemps au parti communiste, section des cheminots, et quand je vois comment ça devient… Tout ça pour se faire bouffer sur ses vieux jours par des mecs qu'on a soutenus et qui sont devenus tout ce qu'on combattait !

– Tu sais ce qu'on dit de la mafia russe dans la police ? On la compare aux mafias italiennes. Les mafieux italiens, si tu leur fais un mauvais coup à la pétanque, ils te tuent. Alors que les mafieux russes, si tu leur fais un coup à l'envers aux échecs, non seulement ils te tuent mais ils flinguent aussi toute ta famille et tous tes amis… Allez, Dédé, mets le moteur en marche, ça descend et on va rester plantés là. Je vais lever la pioche.

Vincent mit ses gants et essaya de remonter l'ancre pendant que Dédé, aux commandes du moteur, surveillait la manœuvre, attendant de pouvoir embrayer l'hélice. Vincent était arc-bouté à l'étrave et tirait de toutes ses forces, au risque de se faire un tour de reins, mais l'ancre refusait obstinément de remonter.

– Mais qu'est-ce que tu fabriques ?

– Devine, abruti ! L'ancre est engagée. Et punaise, c'est lourd, j'y arrive pas.

– Qu'est-ce qu'on a pu attraper ?

– On n'est pas coincés au fond. C'est lourd, mais je sens que ça bouge. Dédé, mets un coup de marche arrière, on va bien voir.

Le vieux moteur se mit à rugir et *Marie-Thérèse* trembla de tous ses vieux bordés. La chaîne d'ancre se tendit et la pinasse recula péniblement. Le corps étranger bougeait, et il ne restait plus à Vincent qu'à fournir un dernier effort, dégager l'ancre ou remonter cette étrange masse inerte.

Pour se faire entendre de Dédé, Vincent hurlait.

– Dédé, mets un coup de marche avant lente, que je vienne à pic et que je reprenne le mou de la chaîne !

Vincent, à genoux sur le pont, le visage violacé, remontait la chaîne main sur main, puis il se figea, l'air ébahi.

– Oh, bazar de sort ! Dédé, mets au point mort, et viens voir !

Dédé quitta le cockpit précipitamment et rejoignit l'avant de *Marie-Thérèse* en courant, au risque de trébucher et de tomber à l'eau.

– Regarde, Dédé, regarde !

Vincent essayait de remonter un moteur hors-bord de quinze chevaux.

– Et en plus, il n'a pas l'air en mauvais état. On va le donner à René, il pourra le retaper.

Dédé était interloqué, mais semblait déçu.

– On aura tout vu avec les estivants. Ils jettent l'argent par les fenêtres et les moteurs par-dessus bord !

– Mais non. C'est un gars qui n'a pas assez serré les presses du moteur, et qui ne l'a pas assuré au tableau arrière. Alors, avec les vibrations, le moteur s'est fait la malle.

– Ça alors, répéta Dédé… Et moi qui croyais que c'était…

Vincent amarra solidement le moteur sur le pont, et pressa Dédé.

– Faut y aller, sinon on va rester plantés là. On va faire un coup de pêche en dérive devant Piraillan. Il faut que je rattrape mon retard, t'as deux grisets d'avance.

– Tu peux toujours essayer. Je suis en forme aujourd'hui, et cette petite canne est formidable. Légère, nerveuse et pas chère. Je vais vite l'amortir.

Devant le village ostréicole de Piraillan, Dédé coupa le moteur, au grand soulagement de leurs oreilles, et *Marie-Thérèse* se mit en dérive, travers au courant descendant.

Vincent ferra coup sur coup cinq grisets avant que, subitement, Dédé lui enjoigne de laisser son fil à l'eau. Un bateau à moteur s'approchait à petite vitesse.

– Regarde, c'est le Claude qui se pointe. Il veut savoir ce qu'on pêche. Laisse au fond, il n'a pas besoin de savoir. C'est une pipelette, ce gars, il va tout raconter.

Le bateau à moteur passa à petite vitesse devant *Marie-Thérèse* et son pilote s'enquit de façon très indiscrète :

– Alors, Dédé, qu'est-ce que t'as attrapé ?

– Un moteur hors-bord et un coup de soleil ! Rien d'autre. Je crois qu'on va rentrer doucement. Il commence à faire frais et le vent monte.

Sauf aux vrais amis, on rechigne à dire sa pêche, et on ne relève pas sa canne avec un poisson frétillant devant n'importe qui.

Ils remirent en route. Dédé confia la barre à Vincent et s'assit sur le roof emmitouflé dans un ciré, scrutant silencieusement la mer avec ses jumelles. Alors que Vincent laissait le port de la Vigne sur son travers tribord, Dédé tapa fortement du pied sur le roof, pratique habituelle pour attirer l'attention du barreur.

Vincent réduisit les gaz avant de sortir la tête de la cabine pour aller aux nouvelles. Dédé s'était levé et pointait un index déterminé vers la gauche, en direction de la pointe du Courbey et d'un banc affleurant.

– Regarde, Vincent, sur Bancot, y a un piniot, tu le vois ?

– Oui, et alors ? C'est pas les piniots qui manquent, par ici !

– Eh bien, regarde au pied du piniot, à la surface de l'eau.

– Je vois un tas d'algues coincé par le courant, comme souvent.

Dédé tendit les jumelles à Vincent.

– Regarde mieux.

– Ne me dis pas que t'es toujours à la recherche de ton gugusse ?

Vincent, les yeux rivés aux oculaires, s'exclama :

– Nom de Dieu, mais t'as raison, ça y ressemble…

– Mets le cap dessus.

– Je veux bien, mais y a pas trop de fond et ça descend. Si on se plante, on est bon pour y passer la marée.

– On s'en fout, Vincent, avance ! Ils vont voir si je suis un menteur, les autres abrutis !

– Un mythomane ! rectifia Vincent, hilare.

Marie-Thérèse s'approchait à petite vitesse de la forme bloquée par le piniot, et si Vincent ne craignait pas d'échouer la pinasse dans la vase – car sa longue quille plate était conçue pour ça – il avait peur de heurter un rocher d'huîtres ou un chantier ostréicole abandonné et probablement hérissé de fers à béton, redoutables pour les hélices. La tension était palpable à bord de l'embarcation, et à moins de vingt mètres de la masse il fallut se rendre à

– J'appelle les gendarmes, décida Vincent en attrapant son portable.

– Vite, il ne va pas tenir longtemps comme ça, et à la renverse de marée il va repartir vers le fond.

– Et si, quand les pandores arrivent, le type n'est plus là ? On va passer pour des truffes, et avec un peu de chance, ils vont te faire souffler dans le ballon. Passe-moi un bout, on va l'amarrer au bateau pour l'assurer. Les gendarmes arrivent, ils sont à trois milles, c'est-à-dire à moins d'un quart d'heure. Il faut tenir jusque-là.

À l'aide d'une gaffe, ils réussirent à immobiliser le corps en le ficelant au piquet ; mais en le remuant ils lui avaient fait exhaler quelques bouffées terribles que le vent avait du mal à éloigner.

Dédé vomit spasmodiquement par-dessus bord.

– Bé alors, Dédé, on appâte ?

– Ta gueule, Vincent, t'es dégueulasse.

– C'est pas à toi de me reprocher une appétence particulière pour les cadavres. Tu l'as voulue, ta charogne, alors maintenant tu assumes. Et avec tout le pastis que tu viens de répandre, si les grisets sont bourrés, faudra pas s'étonner.

Finalement, la vedette de la gendarmerie s'approcha aussi près que possible, au risque de s'échouer à son tour, puis mouilla avant de mettre à l'eau une annexe pneumatique à bord de laquelle prirent place deux gendarmes en tenue de plongée. Ils se dirigèrent directement vers l'homme que Dédé leur désignait du doigt, tandis que Vincent épiait leur conversation.

– Il va falloir le mettre dans une poche, mais faut le photographier avant. T'as vu, il est attaché au piniot.

– Oui, et le cordage n'est pas bien sale, c'est quoi, ce saucissonnage ?

Dédé intervint.

– C'est nous qu'on l'a attaché, parce qu'on avait peur qu'il s'en aille.

– On ne fait pas ça, Monsieur. C'est interdit de modifier une scène de crime ! Vous êtes inconscient. Et qu'est-ce que vous faisiez là, d'abord ?

Dédé manquait décidément de suite dans les idées.

– Ben, on cherchait le cadavre !

Le visage du gendarme se ferma un peu plus encore.

– Ah, parce que vous saviez qu'il y en avait un…

– Ben oui, même que j'ai essayé d'en parler à l'un de vos collègues, qui s'est moqué de moi. Eh bien, le voilà, le macchabée, et on ne dira plus que Dédé est un *mitoromane*. Et puis maintenant on vous laisse, parce qu'on n'a pas envie d'être bloqués par la basse mer, pas vrai, Vincent ?

– Vous n'allez pas partir comme ça ! On n'a pas pris vos identités ! Vous passerez à la brigade pour qu'on vous entende.

Mais Dédé était en verve.

– Vous allez au *Bar du Marché* d'Arcachon, et vous demandez Dédé et Vincent. C'est nous. Josiane et Marcel vous en diront plus.

– Non, mais ! Vous n'allez pas vous débiner comme ça ! On ne laisse pas un cadavre aux gendarmes comme on abandonne un vieux frigo à la déchetterie !

– Ben, pourtant, on y va… lança Dédé.

– Dédé, tu ne devrais pas leur parler comme ça, ils vont nous prendre dans le pif et on va être sacrément emmerdés.

Marie-Thérèse s'extirpa péniblement de la vase ; le moteur poussé à son maximum crachait une épaisse fumée noire.

– Direction le *Bar du Marché* ! claironna Dédé, qui, après une grande lampée de cognac à même la bouteille, reprenait de la superbe. T'aurais dû faire une photo du mort pour qu'on la mette sous le nez de René ! Je suis le seul de la compagnie à avoir pêché un gonze.

Dédé déboula dans le bar en lançant à la cantonade un « bonjour tout le monde ! » tonitruant, devant Josiane et Marcel éberlués de voir Dédé aussi triomphant. Vincent, dans son sillage, aurait préféré une entrée plus discrète.

Dédé se dirigea vers René, assis avec trois autres pêcheurs, et lui tira doucement l'oreille.

– Alors, c'est un menteur, Dédé ?

– Arrête donc, qu'est-ce que tu as ?

– Ce que j'ai ? Va au port, tu verras l'arrivée de la vedette de la gendarmerie et tu pourras remarquer qu'elle ramène un cadavre avec des gyrophares partout sur le quai. Et ce cadavre, c'est le mien, celui auquel tu ne croyais pas et qu'on a retrouvé avec Vincent. Tu te moquais de moi, hein… eh bien, maintenant, paye ta tournée et mange ton béret. Tu apprendras que Dédé ne ment jamais.

– Le mois dernier, tu nous as bien raconté que t'avais remonté un bar d'un mètre cinquante…

– C'était pas un mensonge ! À peine une petite exagération. Josiane, mets-nous des pastis, c'est René qui rince !

Trois pastis plus tard, Vincent dut rappeler Dédé à l'ordre.

– Tu te rappelles qu'on doit voir les gendarmes ? Alors, on va manger quelque chose et puis y aller. Josiane ! Qu'est-ce que tu peux faire pour deux morts de faim ?

ÉTONNANTE SUSPICION

L'accueil fut plutôt frais. Les gendarmes avaient décidé de séparer Dédé de Vincent pour effectuer des auditions bien distinctes, histoire de rechercher et de relever d'éventuelles contradictions entre leurs versions. Une pratique que l'on réserve généralement aux délinquants et qui, d'entrée, déplut fortement à Vincent.

Leurs questions étaient directives et empreintes de suspicion, ce qui eut pour effet de faire passer Vincent de l'état d'agacement à celui de sourde colère. Il avait pris la précaution de décliner évasivement la profession de fonctionnaire, pour éviter toute appréciation particulière à son égard.

– Que faisiez-vous sur l'eau ? Depuis quand connaissez-vous André Dubosc ? Avez-vous déjà été poursuivi ou condamné ? Pourquoi avez-vous attaché ce cadavre ? Et, pour finir : quand et pourquoi avez-vous jeté ce corps à l'eau ?

Pendant qu'un gendarme tapait sur un clavier d'ordinateur, un second, debout, les mains dans le dos, faisait des allées et venues en déroulant son interrogatoire.

Vincent explosa.

– Ça suffit ! Soit vous me placez en garde à vue et je demande la présence immédiate de mon avocat – et je réclame le droit au silence –, soit je m'en vais. Je n'ai que faire de vos insinuations à trois sous. Dois-je vous rappeler que c'est nous qui vous avons signalé ce cadavre ? Vous en connaissez beaucoup, vous, des assassins qui appellent les autorités ?

C'est alors qu'un agent entra dans le bureau et chuchota longuement à l'oreille de celui qui consignait la déclaration de Vincent. Celui-ci se mit à sourire et laissa échapper un sifflotement de satisfaction. Puis il s'adressa à Vincent :

– Alors, on fait le cachottier ? Vous êtes de moins en moins clair, Laffargue !

– C'est-à-dire ? s'énerva Vincent.

– Commissaire principal à la PJ de Bordeaux, c'est pas seulement « fonctionnaire », Monsieur Laffargue. Votre comparse est plus bavard que vous, comme vous pouvez le constater.

– Si, Monsieur le gendarme, les policiers sont des fonctionnaires. Je m'en vais, je pars, et en compagnie de mon copain Dédé, celui-là même que vous qualifiez de comparse, Monsieur André Dubosc.

– Non, vous ne partez pas.

Vincent se leva.

– Vous procédez dans le cadre de l'article 74 du Code de procédure pénale relatif aux découvertes de cadavres. Certes, cet article vous donne les droits de l'article 60 relatif au flagrant délit. Néanmoins, pour prendre une mesure privative de liberté à mon encontre ou à l'encontre de Dubosc, il va falloir que vous argumentiez soigneusement. Dubosc et moi sommes étrangers au fait que ce macchabée barbotait dans l'eau et, à défaut de relation solide entre sa découverte et notre présence sur les lieux, vous ne pouvez pas nous mettre à la ratière sans prendre le risque de vous voir poursuivis pour séquestration et détention arbitraire, c'est clair ?

– Là, on sent le commissaire, les études supérieures, la morgue du flic qui se croit au-dessus des lois… Un flic tout à fait capable d'organiser une fausse scène de crime, sûr de lui et certain d'abuser les gendarmes…

– On va se la jouer comme il faut. Je vais me lever et partir. Si vous êtes certain de votre bon droit, vous me sautez dessus, vous me menottez et vous me filez au trou. Sinon je me casse.

Vincent se leva tranquillement, quitta la pièce pour entrer dans le bureau voisin, où Dédé était assis, recroquevillé sur sa chaise, comme prostré. Il le prit fermement par le bras, et lui dit sur un ton sans appel :

– Viens, Dédé, on se tire !

– Mais je n'ai encore rien signé !

– T'as bien fait, moi non plus. On ne signe rien, on s'en va. Ils n'ont qu'à se débrouiller et faire leur enquête.

Dédé se leva et le suivit sans mot dire. Les gendarmes, sidérés, ne réagirent pas. Mais Vincent prit soin de les saluer :

– Au revoir, Messieurs.

Il ne voulait pas que l'on puisse lui reprocher la moindre incorrection. Ils seraient trop heureux de l'exploiter.

Une fois dehors, il laissa éclater sa colère.

– Mais, j'y crois pas ! Tu les as vus ? Un peu plus, c'étaient nous les assassins ! Et je ne te parle pas du compte rendu de nos auditions qu'ils vont faire au procureur. On pue le soufre, mon vieux Dédé. Et tant qu'on y est, je te le dis franchement : tu commences à m'emmerder sérieusement avec ta charogne. J'ai quinze jours de vacances, c'est pas pour les passer en audition chez les pandores ou pour trimballer de la viande avariée. T'aurais pas pu le laisser où il était, ton putain de cadavre !

– T'es en rogne après moi, Vincent ?

– Sans blague ! On le serait à moins !

Ennuyé, Dédé tenta de changer de sujet de conversation, avec une maladresse totale.

– Et Sylvie, ta femme, ça va ?

Vincent s'arrêta brutalement et le regarda dans les yeux.

– Mon pauvre Dédé, y a des moments où je me demande si t'as bien tous les fagots à l'abri, si tu prends pas l'eau…

Mais Dédé avait son regard de chien battu.

– Je demande ça, comme ça…

– Sylvie est restée à Bordeaux, et heureusement. Et tu sais pourquoi ?

– Non, je vois pas.

– Pas étonnant, tu ne vois jamais rien. Parce qu'elle en a marre que je me mette dans des situations à la con. Même aux enquêtes administratives, j'arrive à me mettre dans des positions scabreuses. On s'est engueulés, figure-toi, et pour calmer le jeu elle m'a conseillé de partir quinze jours tout seul sur mon bateau… histoire de prendre un peu de distance avec les embrouilles. Ah, on peut dire que c'est réussi ! Merci Dédé ! Au lieu de tirer des bords vers les pertuis charentais, je suis à deux doigts de finir au placard… et tout ça grâce à qui ? Grâce à Dédé !

Vincent reprit sa respiration en même temps que son calme.

– Par contre, comme je suis libre, on va aller se faire un bon plateau de fruits de mer, boulevard de la Plage, face au Bassin. Ça va me passer les nerfs. Et je t'apprends que c'est toi qui vas payer, parce qu'aujourd'hui tu m'as très sérieusement fatigué.

– Soit. Mais moi, demain, je vais à la loubine.

– Et avec qui ?

– Je sais pas. Je vais téléphoner à des copains, je vais voir. Parce que moi, j'ai des copains… des vrais.

– Espèce d'abruti, je viens avec toi.

– C'est tout ce que je voulais savoir, dit Dédé en souriant, content de sa farce.

– T'es vraiment un boulet…

Le repas se déroula paisiblement, la discussion portant principalement sur les meilleurs leurres à employer pour capturer les bars. Dédé n'utilisait que le Raglou en caoutchouc, dont les vibrations excitaient les poissons carnassiers. Vincent soutenait que les Rapala à bavette ou le coustut vif étaient tout aussi efficaces. Ils s'accordèrent sur le fait que tout dépendait de la marée et de l'état de la mer, et qu'il fallait obligatoirement aller traquer le bar là où la mer était agitée et l'eau, oxygénée : sur les hauts-fonds, à la limite des déferlantes. Ce qui n'était pas sans danger.

Au café, Dédé, pensif, se risqua à une question :

– Vincent, comment expliques-tu qu'aujourd'hui ce macchabée flottait facilement alors qu'hier, il était entre deux eaux et qu'il a coulé lorsqu'il m'a échappé ?

– Rien de plus simple, Dédé. Lorsque tu jettes une dépouille à l'eau, elle coule à pic, et tu peux croire qu'elle va rester au fond. Sauf qu'avec la fermentation, elle va gonfler, prendre du volume tout en perdant de sa masse, et remonter inévitablement à la surface. Il semblerait qu'on ait voulu se débarrasser de ce corps en le jetant à la mer. Mais soit l'auteur méconnaissait ce principe et n'a pas lesté son client, soit il comptait sur la marée descendante pour transporter le cadavre en haute mer. Soit encore il a bien lesté le type, mais le lest a lâché.

Dédé semblait subjugué.

– T'en sais, des choses ! Tu crois qu'on peut l'identifier, ce gars ?

– Oui et non. En l'état, je dirais que non. On va lui faire un prélèvement d'ADN qu'on pourra rapprocher des fichiers d'empreintes génétiques, mais s'il n'a pas d'antécédents judiciaires, ça ne donnera rien. Et ça peut traîner longtemps.

– C'est donc une bonne solution pour se débarrasser de quelqu'un ?

– Pourquoi ? On dirait que ça t'inspire !

Vincent rentra au port à pied. Les villages du bassin d'Arcachon faisaient une ceinture de lumière douce dominée par les éclats rouges et puissants du phare du Cap Ferret.

Quelques feux de route de bateaux qui se déplaçaient lentement au ras de l'eau indiquaient la présence de retardataires qui s'évertuaient à regagner le port en remontant péniblement le courant. La nuit, sur le bassin d'Arcachon, on ne navigue pas facilement à la voile contre la marée.

Par habitude, Vincent replaça correctement deux pare-battages volages sur la coque de son voilier, vérifia les amarres, et s'installa dans le cockpit de son First, un café à la main.

Surpris par la fraîcheur et le sommeil qui le gagnait, il alla se coucher. Le vent était monté d'un cran, et faisait frapper les drisses contre les mâts des voiliers pour former un concert rappelant les clarines des troupeaux de montagne.

À LA LOUBINE

Réveillé tôt, comme toujours en bateau, Vincent prit son petit déjeuner dehors, tout en surveillant l'arrivée de Dédé sur *Marie-Thérèse*. Puis il choisit quelques leurres dans sa boîte à pêche et le rejoignit.

– On n'est pas en retard sur la marée ?

– Non, ça va aller. Avec le courant dans le dos on va descendre à huit ou neuf nœuds, un vrai tapis roulant. Après, on déjeunera au mouillage au banc d'Arguin.

– Tu ne penses qu'à manger… Et où va-t-on ?

– Entre le banc du Toulinguet et le banc du Chien.

– Vu le coefficient, ça va tirer !

– On va dériver à quatre ou cinq nœuds, faudra souvent remonter au moteur.

Dédé était absorbé par la conduite de sa pinasse. Debout derrière la minuscule barre en bronze qu'il tournait constamment d'un côté ou de l'autre, il se grattait la tête, observait le vol des oiseaux, regardait les nuages, et parlait tout seul. De toute façon, en raison du vacarme fait par le moteur, personne ne pouvait l'entendre. Vincent lui hurla dans les oreilles :

– Tu veux une tranche de pâté ?

Dédé opina d'un hochement de tête.

– Et un coup de pinard ?

Deuxième hochement de tête.

– Ta clope, t'iras te la rouler tout seul, conclut Vincent.

– On va s'arrêter devant le Pyla pour essayer de faire du coustut. Ça marche bien comme appât en ce moment : c'est Dominique qui me l'a dit.

Quelques coustuts plus tard, ils allèrent s'abriter dans la conche du banc d'Arguin, où quelques bateaux en plastique surmotorisés et remplis de touristes les avaient précédés.

L'eau de la conche, en provenance directe de la haute mer, était d'une transparence absolue. Le paysage avait quelque chose d'irréel et de fascinant. Entre le banc d'Arguin et la dune du Pilat, il n'y avait que du sable, du sable à perte de vue, offrant un authentique aperçu du désert saharien. Le dépaysement était total. L'apparition, en ce lieu, d'un Touareg sur son dromadaire n'aurait surpris personne. L'atmosphère invitait au silence ou aux conversations *mezzo voce*, et avait quelque chose de solennel.

En buvant son pastis, Dédé observait ces drôles de bateaux de touristes, d'où provenaient des rires et des hurlements particulièrement déplacés dans cette réserve naturelle intégrale, à la quiétude mystique.

– Regarde celui-là, Vincent. Il ne fait pas six mètres de long, et il a deux moteurs de cent cinquante chevaux chacun. Trois cents chevaux pour six mètres ! Pour quoi faire ? Et ça suce combien, ce truc ? Si t'es bien sur l'eau, t'as pas besoin de marcher à quarante nœuds pour rentrer chez toi : tu te balades ! Pourquoi courir comme un malade au risque de heurter une épave ? Ils ne doivent même pas tenir compte de la marée, ces gars-là.

Un scooter des mers se mit à faire des ronds à grande vitesse dans le mouillage, levant un clapot agaçant. Il faisait un vacarme semblable à celui d'un essaim de guêpes, dans le plus pur style des cyclomoteurs de banlieue. Vincent remarqua que Dédé allait s'emporter.

– T'énerve pas, bientôt ils seront partis à la neige. Ils y feront le même bazar. Ils ont besoin de s'entendre vivre. Le décibel est leur univers, la blagasserie est leur façon d'être. Ce sont des extravertis.

– Extravertis ? Moi, je n'ai rien contre les homosexuels.

– Laisse tomber. Sinon, ta fille, ça va ?

– Beaucoup mieux. Je suis heureux de la retrouver comme elle était il y a dix ans. Elle a de nouveau le moral, elle est souriante.

– Donc, ça c'est amélioré avec son Jules ?

– Terminé ! Elle ne le voit plus. Il s'est barré, plus aucune nouvelle. Disparu. La petite est libérée : le reste, je m'en fous.

– Ah bon ?

– Bon débarras. Je revois ma petite comme je l'ai toujours connue. Elle est soulagée, et moi aussi.

– C'est curieux de disparaître comme ça, sans laisser d'adresse. Vous avez contacté son employeur, sa famille ? Il a emporté des affaires ?

– Non, rien de tout ça. Pour quoi faire ? Ça se voit que tu l'as pas connu, le Gérard. Pour te dire le genre de mec : sa vie c'était le football à la télévision et le tuning. La classe ! Le week-end, tu le voyais se trimballer avec sa coupe de cheveux d'abruti – rasé sur les côtés avec une petite queue-de-cheval –, toujours dans son survêtement du PSG avec des tongs aux pieds. Il rejoignait ses potes de tuning sur un parking de supermarché. Ils poussaient les sonos de leurs voitures à s'en faire péter les oreilles, le tout en buvant des bières. Lorsqu'il rentrait le soir, il regardait des matchs de foot en continuant à picoler, et il finissait la nuit sur internet.

Toute l'après-midi, *Marie-Thérèse* alterna les descentes du courant en dérive, lors desquelles Vincent et Dédé pêchaient, et les remontées fastidieuses de la marée au moteur. Le courant atteignait quatre nœuds et à pleine vitesse le moteur de *Marie-Thérèse* permettait à la pinasse de naviguer à six nœuds et demi. Contre le courant, à pleine puissance, la route fond était de deux nœuds et demi…

– Et c'est reparti !

En fin de sixième descente, alors que l'eau moussait bien, que le clapot se faisait agressif, *Marie-Thérèse* se mit à rouler dangereusement. On commençait à entendre les rugissements de plus en plus proches des rouleaux de la passe, signe évident qu'il était temps de remettre le moteur en marche et de s'enfuir avant de se faire prendre par une lame.

C'est exactement à ce moment que la canne à pêche de Dédé se tordit en deux, à la limite de la rupture, et que son moulinet émit un hurlement strident et continu.

– Oh, putain de moine, quèsaco, Vincent ?

– Si t'as pas attrapé la planète, ça doit être un sanglier… ou peut-être un autre macchabée.

– Arrête tes conneries et attrape-moi l'épuisette, vite !

Dédé ramena contre la coque un bar de soixante-dix centimètres que Vincent emprisonna rapidement dans l'épuisette avant qu'il ne se libère à grands coups de queue portés contre la coque de la pinasse.

– Bravo Dédé, bravo.

Mais *Marie-Thérèse* s'approchait de plus en plus des brisants et chahutait tellement qu'il était difficile de tenir debout. Dédé se précipita sur les commandes du moteur et actionna le démarreur. Il s'ensuivit quelques secondes d'angoisse, car le vieux moteur Couach refusait de démarrer, se contentant de tousser lamentablement.

Dans sa précipitation, Dédé avait certainement trop ouvert les gaz. Mais, à force d'insistance, le vieux bourrin se décida à pétarader joyeusement, et leurs visages se détendirent. Il n'y avait plus beaucoup d'eau sous la quille, et on voyait nettement que le sable du fond brassé par les vagues donnait à l'eau une couleur inquiétante.

L'équipage ne demanda pas son reste et rejoignit des eaux plus clémentes, avec toute la vitesse que pouvait fournir la malheureuse machinerie. La pêche à la loubine met parfois les nerfs à rude épreuve.

– Belle prise, Dédé, mais faudra que tu penses à remotoriser *Marie-Thérèse.* Sinon, un jour, on va finir à New York…

– J'ai pas les moyens.

– Eh bien, il va falloir se contenter de pêcher au fond du Bassin, dans le chenal du Teychan ou de Comprian, comme les petits vieux. T'installeras un déambulateur sur *Marie-Thérèse* et t'iras chercher tes loubines chez le poissonnier.

– Au prix du bar d'élevage nourri à la farine animale, ça me ferait mal.

La nuit tombait. Vincent achevait d'amarrer l'avant de *Marie-Thérèse* lorsqu'une voix féminine l'interpella du ponton.

– Bonsoir, Vincent.

Dans l'obscurité, il tarda à reconnaître Mireille Cassagne, médecin-légiste qu'il connaissait si bien, avec qui il avait souvent travaillé, tant pour de simples examens médico-légaux que pour des autopsies.

L'histoire entre Vincent et Mireille dépassait toutefois largement le cadre professionnel. Son origine n'était à chercher ni à l'institut médico-légal ni du côté de l'hôtel de police. Ils s'étaient connus à la faculté de droit de Bordeaux. Étudiante en médecine, elle y suivait quelques cours de criminologie et de médecine légale, et Vincent, dilettante, s'ennuyait dans le haut de l'amphithéâtre, impatient de partir à l'école de police.

C'était bien avant Sylvie. À cette époque, il était toujours mal fagoté et se moquait complètement de son apparence rustique. Sa façon d'être détonnait nettement avec celle des fils d'avocats et de notaires aux blazers bleu marine et aux foulards de soie, qui allaient bientôt rejoindre cabinet ou étude paternels.

Mireille et Vincent avaient pris pour habitude de s'asseoir l'un à côté de l'autre et de bavarder au point de se faire régulièrement rappeler à l'ordre. Mireille, qui ne s'appelait pas encore Cassagne, grande blonde aux cheveux épouvantablement bouclés et aux yeux saphir, riait à toutes les saillies de Vincent. Comme elle n'aimait pas les transports en commun, Vincent la ramenait souvent chez elle à la fin des cours, sur sa vieille moto. Aux beaux jours, il faisait durer le plaisir en improvisant de longs détours bucoliques. Il adorait que Mireille se serre contre lui pour se protéger du vent et du froid. Il avait aussi appris à connaître ses parents, qui ne lui étaient pas hostiles. Parfois, studieuse, Mireille essayait de lui inculquer quelques rudiments de médecine légale, mais Vincent était plus attentif à la plastique de la jeune femme qu'à ses connaissances universitaires… au grand dam de Mireille, qui de temps à autre finissait par s'emporter.

Un soir, alors que Mireille s'agaçait du peu d'intérêt que Vincent semblait porter au cours qu'elle voulait lui donner sur les conditions d'apparition des rigidités cadavériques *post mortem* et leur durée, Vincent s'était approché d'elle pour l'embrasser… gentiment sur les joues. Mireille, au contact de Vincent, avait semblé fortement surprise de la présence inopinée d'une protubérance incongrue.

– Non, Mireille, ne t'inquiète pas, lui avait-il dit. Il ne s'agit pas de rigidité cadavérique. C'est tout à fait réversible, ça se soigne… Encore faut-il tomber sur un représentant du corps médical bienveillant, dévoué et compétent.

Mireille, souriante, avait fait honneur à Hippocrate, non sans remarquer que le patient était sérieusement atteint et plutôt long à soulager de ses souffrances. Vincent avait fait plusieurs rechutes de cette terrible maladie, et c'est chaque fois avec l'air abattu d'un chien de ferme condamné à la chaîne et hurlant à la mort qu'il venait se plaindre à son médecin préféré de ces fichues raideurs récidivantes, et autres turgescences insupportables.

Vincent sauta sur le ponton, embrassa Mireille avec effusion tout en s'excusant de son hésitation.

– Je te cherchais, précisa Mireille. J'ai téléphoné à ton service. On m'a dit que t'étais en vacances sur le Bassin et, comme je devais y passer quelques jours, me voilà. Je savais bien que je te rencontrerais sur le port. C'est tout de même plus sympa qu'en salle d'autopsie, sous les néons et devant un cadavre, non ?

– T'as bien fait de venir. Ça me fait un plaisir immense. Je pense souvent à toi. J'ai la nostalgie chevillée au cœur, un blues terrible, un souvenir lascif et transpirant de nos étreintes torrides.

– C'est ça, c'est ça, t'es sûr de n'avoir rien oublié ? Tu veux en venir où ? Je croyais que tu étais marié ?

– Ben oui, je suis marié, mais si peu. L'usure du temps, les engueulades… La preuve : Sylvie m'a envoyé quinze jours sur le Bassin. Seul à broyer du noir, bouffé par la mélancolie, reclus dans l'habitacle sordide et humide d'un bateau glacial. Tu ne peux pas imaginer une seule seconde à quel point je me sens abandonné de tous.

C'est cet instant que Dédé, mû par la curiosité, choisit pour s'avancer et saluer cette si belle femme, en précisant, visiblement fier de lui :

– Hein, Vincent, qu'on a passé une putain de bonne journée ? On a bien mangé, bien picolé, on s'est fait un bar mahous, et même que t'as pris un coup de soleil sur le pif. C'est vraiment le pied !

Vincent fusilla Dédé du regard, tandis que Mireille lui répondit dans un sourire :

– Je crois que votre ami a un peu peur de devenir sourd.

– Et pourquoi donc ? Le bruit du moteur de *Marie-Thérèse*, peut-être ?

– La solitude, plutôt. Demandez-lui.

– Bah ! Vincent, t'es pas tout seul enfin, je suis là, moi ! T'es pas heureux d'être avec ton vieux copain Dédé ?

Vincent soupira alors que Mireille riait aux éclats.

– Dédé, est-ce que tu sais que, parfois, lorsque tu la fermes, j'ai l'impression d'être en vacances ?

Puis Vincent essaya de changer de sujet.

– Alors, ma chère Mireille, tu découpes toujours des bonshommes ?

– Oui, j'y étais encore pas plus tard qu'hier. Et c'est même pour ça que je voulais te voir, pour ce cadavre sur lequel travaillent les gendarmes.

Dédé intervint une nouvelle fois.

– Oh, c'est sûrement notre macchabée ! Ils manquent pas d'air, les pandores, ils auraient pu vous dire que c'est nous qu'on l'a trouvé.

– Le pire, c'est que t'en es fier, souffla Vincent.

– Pas de doute, c'est bien celui dont je me suis occupée hier.

– Ça m'intéresse, dis-moi tout.

– Le corps n'est pas identifié. C'est un homme de type caucasien, d'une quarantaine d'années, costaud, aux cheveux châtain clair : un individu apparemment soigné, avec de nombreux implants dentaires. Que te dire… Il présentait des traces de coups au visage, il portait un costume de marque, et… Ah si : il avait une chevalière.

– Oui, je l'avais remarqué.

– C'est une chevalière en or jaune, sans poinçon et donc probablement de fabrication étrangère. Elle est gravée aux initiales « G. S. ».

– Et les causes de la mort ?

– C'est assez curieux… On penche naturellement pour la noyade, bien sûr, parce qu'il avait beaucoup d'eau dans les poumons. Mais il avait aussi de nombreuses traces de coups à la face, des excoriations sur les bras et le dessus des mains, des marques de liens aux poignets…, des traces de lutte, en somme. Pour moi, il a été jeté vivant mais inconscient dans l'eau et il s'est noyé. Mais c'est pas pour ça que je voulais te voir. Quatre gendarmes ont assisté à l'autopsie, et ils bavardaient pendant que je découpais le gars.

– Et alors ?

– Et alors, manifestement, ils t'ont dans le collimateur. Ils s'interrogent sur ton rôle dans cette affaire, sur ton attitude, ton arrogance. Ils vont te faire des misères. Fais attention, Vincent !

– Comment tu sais qu'ils parlaient de moi ?

– Ils ont cité ton nom, tout simplement. Et ils ont parlé de ton copain, qu'ils ont qualifié de gentil, mais fin comme du gros sel, un gars qui ne ferait pas de mal à une mouche.

– T'entends, Dédé? cria-t-il à son ami qui était retourné dans sa pinasse. D'après les pandores, t'es con comme une valise sans poignée !

Puis, s'adressant à Mireille à mi-voix :

– T'es là pour plusieurs jours ?

– Une petite semaine. On est allé faire le tour de l'île aux Oiseaux.

– Avec qui ?

– Serais-tu jaloux ?

– Ben, oui. Lorsque j'imagine un instant que tu as pu passer un moment de paix et de sérénité sur l'eau avec un autre que moi, oui, je suis jaloux. J'imagine que c'est un ours mal léché, un pithécanthrope à poil ras malodorant, un ornithorynque peu dégrossi, un ostrogoth qui ne te mérite pas. La vie est injuste et les grandes souffrances sont muettes.

– Tu vas arrêter ton char, oui ? Si j'ai le malheur d'accepter de venir boire un café avec toi sur ton bateau, c'est fichu, ça va finir dans le genre bête à deux dos, tu le sais très bien.

– Et ?

– Et il ne faut pas. Ni pour toi ni pour moi. À bientôt, Vincent.

– Devant un cadavre putréfié ?

– Non, dans un bon restaurant.

– En tête à tête ?

– Plutôt avec ta femme et mon futur mari. Oublie un peu le passé, mon vieux.

Grivoise autant que moqueuse, Mireille conclut :

– Tes raideurs, ça va mieux ?

– M'en parle pas. Avec l'âge, les raideurs se déplacent. Maintenant, c'est le dos…

– Ça tombe bien, j'ai un ami kinésithérapeute. Un rugbyman originaire du Congo. Il est un peu brusque, mais très efficace.

– Pas la peine, Mireille, ça ira… Je crois même que ça va déjà mieux. Mais pour le reste, par contre…

– Tu ne crois pas qu'on a passé l'âge des galipettes sans lendemain ?

– En te voyant, je ne me sens pas si vieux…

– Je le ferai remarquer à Sylvie.

– T'es une femme féroce.

– T'as pas toujours dit ça…

CHEZ SIMONE

Vincent aidait Dédé à mettre de l'ordre dans sa pinasse, avant de rejoindre son bord. Il pensait se prendre une pizza aux fruits de mer sur le boulevard de la Plage avant de rentrer sur son voilier, mais Dédé semblait avoir d'autres projets.

– Vincent, ce soir on dîne.

– C'est-à-dire ?

– C'est-à-dire qu'on va à la maison, que j'ai averti Maman, qu'elle attend le bar, qu'elle a sorti les cèpes, trois cuisses de canard et qu'elle pèle les patates.

– Je fournis le carburant.

– Pas la peine. Ne t'occupe pas de ça. Un entre-deux-mers château Bel Air 2012 sur la loubine et un saint-émilion sur le confit. Tu ne vas pas gueuler ?

– Je sais être obéissant.

La Renault 4L de Dédé était… poétique : elle démarrait aussi mal que le moteur de *Marie-Thérèse* et, comme toutes les voitures de son époque, elle était très susceptible au manque – ou à l'excès – de starter. Tout était affaire de dosage, de patience et même… d'odorat. Il fallait en passer par quelques supplications et un brin de patience avant d'entendre avec soulagement les spasmes du moteur.

Au démarrage, qui prit donc quelques bonnes minutes, Dédé arbora un sourire béat.

– T'as vu, elle démarre au quart de tour, comme une montre.

– Effectivement, au quart de tour. Mais pas vraiment au premier. Faut vraiment que tu l'aimes, ta trapanelle.

Dans la voiture de Dédé, il était difficile de ne pas se planter un hameçon dans un doigt, ou de ne pas prendre une gaffe sur la tête. Quelques appâts avaient dû se faufiler dans des endroits inaccessibles avant de pourrir en toute tranquillité, et il valait mieux ouvrir les vitres pour respirer un peu d'air frais et survivre.

Dédé habitait le vieux La Teste, dans une rue donnant sur le port ostréicole. Sa maison était comme bien d'autres. Une petite arcachonnaise des années 1930, avec sa toiture pointue couverte de tuiles plates, un avant-toit tarabiscoté, un jardin minuscule orné de boules de verre de couleurs qui constituaient jadis les flotteurs des filets de pêche, un puits, un figuier et… un chat. Un de ces matous tigrés à la généalogie incertaine et qui devait considérer que « pedigree » était une insulte ou une maladie.

Il ne manquait à cette petite maison que l'enseigne en fer forgé « Sam Suffit » pour qu'elle fût parfaite.

Simone, la femme de Dédé, connaissait peu Vincent, mais elle l'aimait bien. Elle pensait, à tort, qu'il avait une bonne influence sur son mari, qu'il lui évitait de s'attarder avec les bois-sans-soif du *Bar du Marché* et qu'en plus c'était quelqu'un d'important dans la police…

Simone ne quittait son tablier de devant que le soir, pour aller se coucher. Elle avait volontiers les poings sur les hanches, les reins trop cambrés, mais c'était une belle femme, épanouie et passablement tyrannique.

Dédé confia le bar à Simone en lâchant quelques commentaires élogieux sur la bête, puis il laissa Vincent et sa femme faire un brin de causette dans la cuisine pour donner les coustuts à manger à son chat.

Chez Dédé et Simone, le salon était minuscule et intemporel. Le parquet de pitchpin luisait comme il se doit, et chaque meuble Henri II ou 1920 portait un bibelot disposé sur un napperon. Cela allait du pire souvenir de Lourdes à l'ignoble faïence de Vallauris des années 1960, en passant par un superbe bronze art déco.

Simone posa au centre de la table le plat contenant le bar. Privé de sa tête et de sa queue, il était presque décevant malgré ses flancs bien rebondis. La cuisinière avait empli le ventre du poisson de gros sel de Guérande. Puis elle avait pratiqué de nombreuses incisions dans la peau, dans lesquelles elle avait introduit une feuille de laurier. Un filet d'huile d'olive plus tard, le bar avait séjourné douze minutes au four, à 240 degrés.

– Rose à l'arête ?

– Bien sûr.

Après avoir installé le chat sur une chaise, à sa droite, Dédé fit une croix sur le ventre du pain de sept cents avec la pointe de son Opinel, avant d'en couper six tranches parfaitement régulières.

Un silence dévot s'ensuivit, coupé de quelques regards complices.

– Comment se fait-il qu'un poisson que l'on pêche est bien meilleur qu'un autre ? se hasarda Vincent pour animer la conversation.

– Peut-être faudrait-il manger en même temps un bar d'élevage bourré de farines animales pour comparer…

– Un bar avec une étiquette, dans le genre *code-bar* ? C'est peut-être la satisfaction instinctive du chasseur-cueilleur qui nous fait trouver ce poisson meilleur qu'un autre. On l'a mérité, celui-là, on a même failli mettre *Marie-Thérèse* sur le toit… Pas vrai, Dédé ? Mais en tout cas, c'est très bon.

Il se faisait tard et Dédé commençait à piquer du nez devant son verre d'armagnac, pendant que Simone et Vincent parlaient champignons.

– Il a vraiment fait trop sec, et il n'y aura pas de cèpes cette année… à moins qu'il se mette à pleuvoir. Sinon on se consolera cet automne avec les *bidaous*, les *pignasses*… les chanterelles, quoi !

– Ces champignons-là, on ne nous les dispute pas ; il paraît que c'est mortel quand on en mange trop. Moi je dis que ça vaut bien les cèpes phosphorescents qu'ils nous vendent. Le plus souvent, ils viennent des pays de l'Est, ils sont pleins des trucs de *Chernobile*.

– Dédé, ramène-moi au port avant que je m'endorme en sursaut !

– C'est vrai que la mer, ça fatigue…

– On va le dire comme ça. Même que le pinard n'y est pour rien, pas vrai ?

D'une façon générale, Dédé détestait rouler vite. Mais, la nuit, avec le faible éclairage des phares jaunes de sa 4L alimentés par une batterie de six volts, il se faisait dépasser par les mobylettes. Et même si la distance n'était pas importante entre La Teste et le port de plaisance d'Arcachon, les deux amis eurent bien le temps d'un bout de conversation.

– Dis donc, Vincent, on dirait que tu la connais bien, la médecin-légiste ?

– Que oui… On a même partagé des cours d'anatomie comparée.

– C'est vrai qu'elle a l'air fortiche en médecine. C'est une tronche.

– Pas seulement.

– Qu'est-ce que tu incinères ?

– Je ne mets le feu nulle part, je te raconte. Elle, par contre, elle te le fout, le rifle ! Elle ferait bander un mort.

– Tu ne vas pas me dire que t'as couché avec elle ?

– Si. Et un certain nombre de fois, pour ne pas dire souvent.

– Sans être mariés ?

– Même pas. Peut-être une question de prudence. Dédé, n'oublie jamais que le mariage est la principale cause de divorce.

– C'est quand même pas très moral, tout ça. Quelle époque à la con !

– Regarde ta fille avec son mec… Mariés en blanc, à l'église, à la mairie, avec tout le tralala. Un an plus tard, il lui met des torgnoles.

– Il lui mettait… parce que c'est fini. Il ne lui reste plus qu'à divorcer, lui laisser le nom de Saunier et reprendre le nom de Dubosc.

– C'est tout de même bizarre, un jeune qui disparaît comme ça, qui quitte tout. Il n'était pas neurasthénique ?

– Non, pas du tout, il était magasinier.

– D'accord, mais à part ça, il avait déjà parlé de se suicider, il n'avait pas fait de tentative ?

– C'était pas le genre. Il s'aimait trop, ce bâtard…

UNE BALANCE

Allongé sur sa couchette, Vincent ne parvenait pas à trouver le sommeil. Les raisons en étaient nombreuses. Il avait en mémoire la voix de Mireille, son regard, son rire. Cela faisait monter en lui le souvenir de son corps, de ses gestes…, de ses coups de reins. Et puis les renseignements qu'elle lui avait fournis, avec la distance et la désinvolture du professionnel. « Une victime non identifiée, aux cheveux clairs, avec une chevalière… », avait-elle dit.

Vincent renonça à dormir. Dans sa couchette, il avait l'impression d'être une moto garée sur sa béquille latérale. Il se leva et s'installa dans le cockpit du voilier, un whisky dans une main, une cigarette dans l'autre. Il savait que la fraîcheur allait bientôt le gagner et qu'il pourrait rejoindre frileusement sa couchette sans plus penser à rien, et s'oublier dans le sommeil. Oublier Mireille, Dédé, ce cadavre, ce mélange étrange de soucis professionnels, de vacances, et d'un amour passé qui refaisait dangereusement surface. Il comprit qu'il n'avait même pas téléphoné à Sylvie pour lui souhaiter une bonne nuit. Comme pour se faire pardonner, il pensa fortement à elle, et le souvenir de Mireille s'estompa peu à peu.

Sylvie était sa bonne fée depuis plusieurs années. Petite femme mince aux yeux noirs, brune jusqu'au bout des ongles, on retrouvait ses origines pieds-noirs dans son caractère volcanique, et son autorité naturelle avait évité à Vincent bien des erreurs. Elle leur avait donné

Pierre, déjà douze ans, et elle se consacrait corps et âme à son club de gymnastique et de remise en forme, que Vincent évitait soigneusement de fréquenter.

Il se sentait las, troublé et étrangement seul. Il décida d'appeler dès le lendemain son adjoint, le commandant Théo Müller. Il lui parlerait de tout ça et Müller, avec son bon sens et le recul nécessaire, lui donnerait certainement un avis pertinent.

Le lendemain, en buvant son café, Vincent eut une révélation : « La chevalière ! G. S. ! Gérard Saunier ! »

Il se releva d'un bond, incrédule. Se pouvait-il que Dédé, excédé par son gendre, ait pu… Non, c'était impossible. Pas le Dédé qu'il connaissait. Ceci dit, il en avait croisé, des criminels à l'air innocent, pendant sa carrière. Et puis, Dédé avait l'air tellement remonté contre ce type, et tellement soulagé qu'il soit parti sans laisser de trace…

Vincent se secoua. Il divaguait. Il avait encore besoin de sommeil. Ou peut-être pas… En tout cas, il fallait qu'il parle de l'affaire à quelqu'un. Aussi, il appela Théo. Il lui raconta la découverte du cadavre, les confidences de Mireille Cassagne ainsi que ses rapports tendus avec les gendarmes. Toutefois, il ne fit pas mention de Dédé ni de son blaireau de beau-fils. Il demanda à son collègue de faire des recherches.

Müller était habitué depuis longtemps aux frasques de Vincent et à leurs conséquences le plus souvent désastreuses. Il détestait tout particulièrement le voir s'aventurer en solo dans des affaires qui ne le regardaient pas. Aussi n'hésita-t-il pas à recommander à Vincent de renoncer et de profiter de ses vacances. Il craignait de devoir, une nouvelle fois, voler à son secours pour le sortir d'une situation inextricable.

Mais, obstiné, Vincent insistait auprès de Théo pour qu'il mène l'enquête. À bout d'arguments et pour éviter de se fâcher, Müller essaya une diversion.

– Au fait, y a Momo qui veut te parler. De toute urgence. Il appelle deux fois par jour depuis trois jours, il est paniqué.

– Tiens donc ! Il n'est pas mort, celui-là ! Ça fait au moins un an que je n'ai plus de ses nouvelles. Il doit avoir besoin de moi. Tu sais ce qu'il veut ?

– Non, il ne veut parler qu'à toi.

– Il t'a laissé un téléphone ?

– Bien sûr.

Momo était un informateur que Vincent contrôlait à l'époque où il était à la crim. S'il l'avait aidé à réaliser quelques belles prises, l'individu était dangereux, difficile à manipuler, menteur et adepte – comme beaucoup d'informateurs – du double jeu. Ce qui le conduirait inévitablement, un jour ou l'autre, à finir entre quatre planches. Mais il avait une qualité précieuse pour une balance : il traînait dans tous les milieux en n'inspirant aucune méfiance, et dépannait volontiers ses amis. À la recherche d'une planque, d'une arme, de cocaïne ou de fausse monnaie, on allait voir Momo. On pouvait le trouver le matin dans un bar de la porte de Bourgogne et le soir dans l'une des boîtes de nuit du quai de Paludate.

Vincent n'avait pas été mécontent de le perdre aussi longtemps de vue, mais il était curieux de savoir ce qu'il lui voulait. Il l'appela.

– Alors, Momo, comment ça va ?

– C'est la misère, Vincent, la vraie misère, faut que tu m'aides, sinon je vais partir au trou.

Vincent sourit. Comme toujours, Momo faisait bêtise sur bêtise et, lorsque plus rien n'allait, il téléphonait à

Vincent pour qu'il le sauve, et… balançait une info, lorsqu'il ne vendait pas carrément ses complices.

– Explique.

– Ben voilà. Avec trois autres mecs, on a fait des châteaux dans le Médoc. On a tiré quatre mille bouteilles au total. Les deux premiers se sont fait crever par la PJ et ils ont donné le troisième. La PJ a serré le troisième avant-hier, et celui-là, je le connais, il va baver et donner le quatrième.

– Et alors ?

– Le quatrième, c'est moi.

– Donc, t'es mal, Momo, c'est ça ?

– Ouais, je suis mal, je me planque chez ma sœur, mais tes collègues vont me faire aux pattes un jour ou l'autre.

– Et ?

– Ben, tu peux me décrocher, je le sais, t'as qu'un coup de fil à passer.

– Possible, mais pourquoi je le ferais ? Je suis aux Enquêtes administratives depuis pas mal de temps, et en plus je suis en vacances. Et toi, tu ne m'as pas donné de nouvelles depuis un an. Chaque fois que tu m'appelles, c'est parce que t'es dans la mouise. Et à chaque fois je me mouille pour toi. J'en ai marre. Le stock, où est-il ?

– Je l'ai. Je l'ai bougé au cas où.

– Donc, si je te décroche, tu vas faire une bonne opération, mon salaud ! Plus besoin de diviser par quatre ! Donne-moi le stock et je verrai ce que je peux faire.

– Déconne pas, Vincent, je te donne une affaire.

– Le stock et une affaire. Je t'écoute.

– Le stock est dans un box à Bruges. Le box 42.

– Et l'affaire ?

– Je sais pas, moi… Tu connais Gino de Bacalan ?

– Oui, vaguement.

– Il s'est mis à la dope. Il a un plan avec un Espagnol de Bilbao pour de la coke. Je te dis pas : il arrose la moitié de Bordeaux. Pas cher, et c'est de la bonne. Il est souvent au bar *Chez Auguste*, après le pont tournant. Je crois qu'il y planque sa came, il connaît bien la patronne.

– J'en ai à peu près rien à foutre de ton Gino et de sa poudre.

– Ah ! Sinon y a trois Roumains qui font péter les distributeurs de billets au gaz propane. Ça te branche ?

– Pas plus. Non, moi ce qui m'intéresse, c'est un homicide. Je t'explique. Y a des gus qui ont avoiné un gars avant de le foutre à la baille. Et je veux savoir qui est la victime et qui sont les auteurs, c'est clair ?

– T'as rien de plus ?

– Pauvre pomme, si je savais tout, je ne te demanderais pas de me rencarder.

– Ok… Et tu me sors de là ?

– Pas de problème. Dès que tu m'as donné le tuyau. Mais, pour l'instant, je ne bouge pas. Autant dire que si tu ne te remues pas les fesses, tu risques de te faire remonter avant que j'intervienne.

– Tu ne fais pas de cadeau !

– La corde au cou, c'est toi qui l'as passée, maintenant tu te débrouilles.

Vincent se servit un autre café, puis s'installa dans le cockpit et décida de rappeler Müller.

– Théo, t'es sûr qu'on n'a pas eu une affaire récente d'homicide à la PJ ?

– Oui, on n'a rien eu.

– Et en sécurité publique ?

– Si. Il y a eu quelque chose, un crime passionnel qui a été élucidé.

– Et des disparitions ?

– Vincent, tu t'égares ! Des disparitions, il y en a une dizaine par semaine. Ça va de l'adultère à l'accident en passant par la collégienne fugueuse qu'on retrouve chez sa meilleure amie. Qu'est-ce que tu veux gratter là-dedans ? Qu'est-ce que tu grenouilles ?
– Merci, Théo. Même si tu sers à rien, merci. Je te rappellerai plus tard.

Momo ne tarda pas à rappeler Vincent.
– J'ai un truc. Et qui ressemble à ce qui t'intéresse.
– Je t'écoute.
– C'est deux gars. Ils ont pris un contrat pour dérouiller un mec.
– Et alors ?
– Le gars a bougé, il s'est pas laissé secouer, alors ils l'ont assaisonné.
– Ben, ils y ont été trop fort, le gars est clamsé. T'as des éléments ?
– Pas trop. Je sais qu'ils l'ont foutu à la flotte.
– Où ça ?
– Dans la Garonne, je présume.
– T'appelles ça une affaire ? Il vaut rien, ton tuyau. Sans nom, que veux-tu que je fasse ? T'es prêt à me vendre n'importe quoi pour te sortir de la mélasse. Pourquoi pas les articles de la rubrique des faits divers de *Sud Ouest*, tant que t'y es ! Momo, tu me prends pour une truffe.
– La seule chose que je sais, c'est que la victime est un Géorgien, un agent commercial ou un truc comme ça, un gars qui faisait du business.
– Quel genre de business ?
– Dans l'immobilier, je crois.
– Et tu sais ça comment ?
– Par un des mecs qui l'ont déglingué. Un dingue, un mec qui marche au crack et aux amphètes.

– Bon, Momo, ça suffit. S'il faut que je t'arrache les renseignements les uns après les autres, je laisse tomber…

– Ok, Vincent, ça va. Ils étaient deux. Un vieux retiré du circuit qui crèche sur la côte et l'autre… Alex, le fada. C'est lui qui m'a raconté le truc. Il était défoncé, et je peux te dire que quand il est défoncé il est très con. Avant-hier, il a voulu jongler avec les flics. Il n'a pas gagné : il s'est fait serrer et il est parti en garde à vue.

– Et pourquoi tu ne m'as pas dit ça depuis le début ?

– J'avais un peu oublié.

– Ouais, et t'avais un peu le trac. T'as la trouille d'Alex, c'est ça ?

– Il est fondu.

– Et l'autre, le vieux qui est avec Alex, c'est qui ?

– C'est lui qui avait le contrat, j'en sais pas plus.

– Qui c'est qui a payé le contrat ?

– Je sais pas.

– Donc, tu ne sais presque rien.

– Vincent ! Sors-moi de ce merdier. Ne me laisse pas tomber ! Je ne veux pas repartir à la ratière.

– Je vais y réfléchir, Momo, je te tiens au courant.

Les révélations de Momo intriguaient Vincent et le rassuraient en même temps : si ce qu'il disait se révélait exact, ça dédouanait son ami Dédé… Et ces initiales sur la chevalière du cadavre ne seraient qu'une terrible coïncidence.

Il se servit un autre café et s'installa dans le cockpit de son voilier pour le boire, puis il décida de rappeler Müller.

– Théo, je vais te demander un service. Est-ce que tu peux me chercher un Géorgien dans le fichier de la police aux Frontières ?

– Rien que ça ! Comment veux-tu que je fasse ?

– Limite-toi pour l'instant aux entrées et sorties de l'aéroport de Mérignac, après, s'il faut, on élargira.

– C'est trop vague. T'as pas d'autres éléments ?

– Bah, tu peux essayer avec les initiales « G. S. », ça réduira le choix. Mais je sais pas où on va.

– Ouais, tu sais pas où tu vas, comme d'habitude. Eh bien, moi, je vais te dire où tu vas : tu vas nous faire la dernière connerie en date, dans le plus pur style Laffargue, et je n'aime pas ça du tout. Et qui c'est qui va encore devoir te sortir des ronces, arranger le coup avec le directeur, faire le dos rond avec le parquet, raconter quelques petits mensonges ? C'est encore ce couillon de Théo !

– C'est marrant, Théo. T'es vilain comme un pou, et pourtant tu réussis parfois à ressembler à ma femme, qui est si jolie.

UN MOMENT DE MAGIE

Dédé n'était pas sur *Marie-Thérèse*, alors, Vincent décida de faire une sortie en solo sur son voilier.

« Sud Gascogne, vent ouest force 2 à 3 passant 3 à 4 en soirée par effet thermique, 1 017 millibars en hausse. »

Juste de quoi dérouiller le skipper et réveiller le voilier *Méa*, un First 38 F 5, exigeant en solo, mais aussi sain à la barre que rapide.

Son nom de baptême, *Méa*, avait été donné par Pierre, le fils de Vincent, car selon lui « *Méa* coule pas ». Incantation naïve d'un enfant qui découvre les mots !

Vincent avait besoin d'entretenir sa confiance en lui ainsi que celle qu'il accordait à son bateau en s'entraînant régulièrement. Les régates d'été approchaient, et il était important de vérifier la vitesse et la précision des manœuvres.

La voile reste le moyen le plus cher, le plus lent et le moins confortable pour se rendre d'un endroit où l'on est bien à un autre où l'on n'a rien à faire.

La navigation en solo a ceci de particulier qu'elle nécessite une anticipation absolue, songeait Vincent. Le bateau doit être parfaitement prêt, et les manœuvres ne peuvent faire l'objet d'hésitation. On dit qu'il faut qu'elles soient claires. Sans pilote automatique, avec un bateau vif comme *Méa*, il était tout simplement impossible de naviguer en solitaire sur un plan d'eau aussi encombré que le bassin d'Arcachon.

Vincent était conscient qu'aux yeux d'un novice un solitaire pouvait donner une impression trompeuse de décontraction. En réalité, celui-ci répète mentalement la manœuvre à venir, qu'il devra exécuter à l'instant *t* sans cafouillage, avec assurance et célérité. Car, en solo, tout se paye comptant.

Rien n'est plus déconcertant pour un solitaire aguerri que d'embarquer un blaireau qui fait tomber plusieurs fois la lourde manivelle de winch sur le fond du cockpit, laisse ses pieds sur un cordage qui file à toute vitesse, ou qui se lève lors d'un empannage, juste pour que la bôme lui arrache son chapeau, si ce n'est la tête.

Vincent calculait sommairement sa route. Profiter de la fin du jusant pour descendre au près, près bon plein jusqu'à la bouée n° 9 et revenir petit largue, puis largue, pour finir devant Arcachon grand largue ou vent arrière sous gennaker ou spi à huit ou dix nœuds avec le soleil qui se couche lentement derrière le Cap Ferret, sous un ciel zébré de rose. Un de ces moments totalement magiques lors desquels Vincent n'hésitait pas à raser la jetée Thiers en espérant être pris en photo, tellement la lumière était belle.

À l'aller, *Méa* était déchaîné et tapait dans la plume de son étrave, arrosant copieusement son barreur obligé de s'engoncer dans son ciré. On aurait dit un chien fou auquel on aurait retiré la laisse. Un tel voilier souffre-t-il de rester si longtemps amarré ? A-t-il une âme ? Allez, *Méa*, vas-y, amuse-toi !

En virant devant la bouée n° 9, l'univers de Vincent changea. Au portant, la vitesse propre du bateau se déduisant de celle du vent, tout devint calme, les vagues venant de l'arrière ne heurtèrent le tableau arrière qu'à faible vitesse. C'était un autre monde.

Vincent extirpa le gennaker par le capot avant et envoya ses quatre-vingts mètres carrés de toile en l'air. *Méa* accéléra très nettement. Le pilote automatique manifesta quelques signes de surmenage en grognant, et Vincent se hâta de rejoindre le cockpit pour prendre la barre.

Sensible à la main de son skipper, *Méa* accéléra encore, le speedo oscillant entre dix et onze nœuds. Le voilier s'engageait dans quelques surfs inattendus, aussi impressionnants que délicats à contrôler. Vincent se surprit à rire tout seul. Voilà qui allait constituer un souvenir impérissable.

Il avait oublié le cadavre, les gendarmes et même son ami Dédé. Il était loin, très loin. Il croisa un vieux Sangria qui tirait des bords carrés contre le vent et le courant. La chute de sa grand-voile faseyait désespérément, privant le bateau d'une grande partie de sa force propulsive. Son skipper salua Vincent, visiblement impressionné par la vitesse de *Méa.*

Existe-t-il plaisir plus fin que celui qui consiste à transformer en être vivant, véloce et redoutable une masse inerte de polyester et d'aluminium ? Si cela relève d'une longue expérience, et d'une bonne connaissance du bateau, ça ressemblera toujours à de la magie.

La place au ponton de *Méa* étant exactement bout au vent, Vincent décida de faire quelque chose de strictement interdit dans les marinas, mais à quoi il était très difficile de résister : rentrer au port et prendre sa place à la voile pure sans aucune aide du moteur.

Pour s'y aventurer, il fallait que la direction et la force du vent s'y prêtent. Bout au vent, on rentrait sous grand-voile, mais s'il était vent arrière il fallait utiliser le seul foc. Les différents cordages devaient être parfaitement clairs, les amarres à poste, un cordage volant bien lové sur le banc de cockpit, au cas où, et la gaffe sous la main. Il fallait garder suffisamment de vitesse pour que le voilier réponde à la barre, mais pas trop pour pouvoir négocier les virages et s'arrêter. Le plus prudent était peut-être de laisser tourner le moteur au point mort, mais ce serait aussi faire preuve de fébrilité et la manœuvre manquerait de pureté.

L'exercice se révélait surtout périlleux pour l'amour-propre du navigateur : les spectateurs de circonstance suspendaient alors leurs activités, s'immobilisaient et se taisaient les quelques instants que durait ce spectacle silencieux. L'un d'eux chuchoterait : « Il a l'air bon, mais il est gonflé, tout de même ! »

C'était une façon de jouer son ego à la roulette russe. Il suffisait d'une bascule de vent, d'un cordage flottant dans le bassin qui s'emmêle dans le safran, et c'en était fini de la réputation du skipper. Sylvie, la femme de Vincent, refusait catégoriquement ces prises de ponton sous voile, n'y voyant qu'un risque inutile. Vincent, lui, y trouvait l'absolue maîtrise.

Entre chien et loup, *Méa* glissa silencieusement à deux nœuds dans l'entrée du port : debout dans le cockpit, la barre entre les jambes, le nez en l'air, l'écoute de grand-voile à la main, Vincent alterna les bordé-choqué pour éviter les accélérations inutiles du bateau – le pire étant de se laisser prendre par la vitesse.

Le First s'aligna devant sa place, pour s'arrêter bout au vent à quelques centimètres du quai. Vincent passa rapidement une garde traversière, la grand-voile en drapeau faseyant mollement. Il ne restait plus qu'à passer les amarres de pointe et à rentrer les ailes du voilier.

Debout sur le ponton, à l'étrave de *Méa* dans le jour finissant, se tenaient Sylvie, tout sourire, et Jean, le maître de port, prompts l'un et l'autre à réprimander gentiment Vincent. Jean ouvrit le feu :

– Quand j'ai vu ta grand-voile approcher depuis mon bureau, j'ai compris que tu allais encore nous faire une acrobatie, alors, je me suis avancé. Tu vas me dire que ton moteur n'a pas démarré, comme d'habitude. Je devrais te mettre un PV à cent euros, ça te calmerait peut-être.

Vincent souriait.

– Il n'y a pas d'estivants, le vent est bien orienté, et c'est pas une punition à cent euros qui me ferait renoncer, tu le sais…

Puis ce fut le tour de Sylvie :

– Comme je ne veux pas que tu t'amuses à faire ça quand on est tous les deux, tu fais pire, tu attends d'être tout seul ! Tu n'es décidément pas comme tout le monde.

En rentrant la grand-voile, Vincent préféra détourner la conversation.

– Qu'est-ce que tu fais là, ma chérie ? T'es venue voir si je n'avais pas embarqué une sirène ?

– Pierre passe le week-end chez un copain. J'ai laissé la salle de gymnastique à Carole pour te rejoindre. Et en parlant de sirène j'ai croisé ta copine Mireille sur le quai. Elle est venue te voir ?

– Ben non, j'étais en mer.

– Tu sais que je ne peux pas la voir, cette fille.

– Montez, on va boire quelque chose de tiède, j'ai oublié d'allumer le frigo.

Sylvie sauta à bord et jeta un coup d'œil inquiet à l'intérieur de la cabine.

– Je m'en doutais. La tasse à café dans l'évier, le duvet roulé en boule, le saucisson sur la table… Tu ne changeras donc jamais !

L'intérieur de *Méa* était son monde. Elle adorait la décoration Philippe Starck faite d'acajou rouge, d'aluminium brossé et de faux marbre blanc. L'univers de Vincent était plutôt à l'extérieur, sur le pont, et il prenait plus soin des cordages et de ses voiles que de ses vêtements.

Le visage de Vincent était brûlé par le soleil, le vent frais, et le sel.

– J'ai passé une belle journée.

– Ça se voit. Je ne t'ai pas manqué, on dirait.

– Serais-tu jalouse d'un bateau ?

Ils s'attardèrent dans le cockpit avant de rejoindre le centre d'Arcachon à pied pour dîner, longeant par le chemin de la plage les paisibles petites villas qui faisaient tant rêver Sylvie.

– Demain matin, j'aimerais aller au marché. Et ce serait bien qu'on aille se balader, non ?

– Comme tu veux... De toute façon, la météo n'est pas bonne, demain.

– Et si ça avait été le cas ?

– Devine... On serait sortis en bateau.

– Ça tombe très bien, alors, j'ai envie de me promener.

L'idée n'enchantait pas Vincent, mais Sylvie insistait.

– On pourrait aller au parc du casino mauresque, à la Ville d'Hiver, et faire le boulevard de la Plage !

– Plus quelques boutiques..., un peu comme les vieux retraités désœuvrés d'Arcachon.

– Bien sûr ! Toi, si tu n'es pas sur l'eau ou dans tes affaires de flics, tu t'ennuies.

– Tu ne crois pas si bien dire. Il y a une affaire de cadavre qui me chatouille.

– Ah, non ! Tu ne vas pas commencer ! Tu es en vacances !

– D'accord... Mais après-demain on déjeune au port ostréicole de La Teste.

– J'ai bien envie d'un turbot.

– Et moi d'un saint-pierre grillé.

AU HASARD DES RUES

Le lendemain matin, Vincent suivait docilement Sylvie qui musardait dans les allées du marché, portant des paniers de plus en plus lourds au fil des emplettes, lorsque Müller l'appela.

– J'ai du neuf, mais ça n'a pas été facile. Rien au fichier des personnes disparues, rien aux antécédents judiciaires… Mais j'ai trouvé un truc à la police aux Frontières. Un truc infime.

– Je t'écoute.

– J'ai trouvé deux gars. Deux Géorgiens qui passent souvent à l'aéroport de Mérignac, entrent et sortent dans l'espace Schengen comme dans un moulin. Pour les noms, accroche-toi : Giorgi Saakachvili, 42 ans, agent d'affaires demeurant à Bordeaux en hôtel, et Giorgi Sheverdnaze, musicien, demeurant – tiens-toi bien ! – à Arcachon.

– Très bon, Théo, très très bon. Tu as l'adresse du musicien d'Arcachon ?

– Oui : 16, boulevard Deganne.

– Celui-là, je m'en occupe. Vois du côté du Bordelais, et on se tient au courant.

Sylvie cherchait Vincent, qui venait de raccrocher.

– Tu téléphones en cachette, maintenant ?

– Non, c'était Müller. Un problème au bureau.

– Je ne sais pas pourquoi, mais je ne te crois pas.

– Tu devrais prendre des bulots… et quelques crevettes grises.

Vincent réfléchissait. Musicien… Ça pouvait être un rockeur, un pianiste de piano-bar, un compositeur, un disc-jockey de boîte de nuit… boîte de nuit… drogue, embrouille… Ça pouvait coller.

– Ça ne t'intéresse pas, ce que je raconte ?

– Mais si, mais si, mais n'oublie pas les bulots.

Ils déjeunèrent au bateau. L'intérieur du carré était douillet et la chaleur des feux de la cuisinière suffisait à y faire régner une température agréable en éliminant l'humidité qui s'installait si facilement. Quelques sifflements stridents dans les haubans venaient rappeler que le choix d'éviter de prendre la mer était le bon.

Vincent écouta distraitement les informations diffusées par la radio, avec le doux sentiment propre à la vie en bateau que ce cortège de catastrophes ne le concernait pas et ne pouvait pas l'atteindre. Peut-être était-ce pour cela qu'il aimait tant la mer et les voiliers ; pour cette impression rassurante de toujours pouvoir échapper à tout.

Il alla s'allonger une demi-heure dans la couchette du poste avant, laissant à Sylvie le soin de disposer le carré à sa guise, puis ils partirent bras dessus bras dessous se promener dans Arcachon.

Vincent orienta la promenade vers le boulevard Deganne.

– Y a pas grand-chose à voir par là, s'étonna Sylvie.

– Si. Y a un brocanteur au bout de la rue, vers le centre-ville.

– Ah bon, c'est nouveau ?

– Dédé m'en a parlé, il fait de l'antiquité marine.

– Allons voir ça.

Devant le numéro 16, Vincent lâcha le bras de Sylvie pour s'attarder devant les sonnettes de l'immeuble. L'une d'elles comportait le nom de Sheverdnaze. Il mourait d'envie de sonner mais Sylvie, dont l'attention avait été distraite quelques instants par une vitrine, le rappela à l'ordre.

– Qu'est-ce que tu fais, encore ?

– Rien. Je visite.

– Je ne te crois pas. Tu cherches encore un endroit pour pisser.

Ils tournèrent à gauche et montèrent vers la Ville d'Hiver. À la fin des années 1970, ce quartier d'immenses villas construites environ un siècle plus tôt était totalement à l'abandon. L'entretien ruineux de ces grandes demeures était venu à bout des finances de deux générations de propriétaires. Ils avaient renoncé à les restaurer avant de les oublier totalement ; ces propriétés d'un luxe inouï étaient devenues fantomatiques.

L'endroit, promu par les frères Pereire pour la grande bourgeoisie parisienne, avait connu ses heures de gloire à la même époque que la Villa algérienne du Cap Ferret (démolie en 1966) ou que le casino mauresque (incendié en 1977). Et cet engouement était dû à la… tuberculose. Ce fait avait toujours étonné le commissaire.

Pasteur avait découvert les bactéries depuis peu, mais on ne savait pas encore soigner la tuberculose, qui frappait sans distinction pauvres et riches dans les milieux citadins. Cette maladie terrorisait les bourgeois parisiens, qui tentaient tout et n'importe quoi pour y soustraire leur entourage. Or il avait été remarqué que la phtisie affectait beaucoup moins les paysans vivant au grand air, et encore moins les résiniers, forestiers et autres pêcheurs du bassin d'Arcachon, qui, pourtant, avaient des hygiènes de vie déplorables. On mit cela sur le compte du bon air marin, des effluves balsamiques et iodés de l'océan. Alors, on bâtit ces merveilleuses villas dans des styles néoclassiques, néogothiques, voire complètement mauresques – la mode étant à l'exotisme arabisant.

Ces demeures, parfois décorées à l'extrême, étaient conçues avec un maximum d'ouvertures aux quatre points cardinaux, dans l'idée de faire circuler le bon air et entrer la lumière. Aussi, elles étaient totalement impossibles à chauffer l'hiver. Mais, à cette saison, les bourgeois avaient rejoint le confort de leurs appartements parisiens grâce à la toute récente ligne de chemin de fer allant jusqu'à La Teste. Ce même souci de la circulation de l'air avait conduit le promoteur à tracer des rues sinueuses, ce qui était censé favoriser le passage de la bise au travers des pins et autres essences d'arbres réputées pour leurs vertus curatives. Autre avantage : cela limitait les vis-à-vis. Enfin, cet esprit hygiéniste de bon aloi fit que l'on découvrit l'exercice physique, la baignade, et qu'on alla jusqu'à créer une piste de ski sur aiguilles de pin qui attira les plus grands champions.

Pour distraire tout ce beau monde le soir, on construisit l'incroyable casino mauresque, qui, concurrencé par le casino de la plage et mal situé sur les hauteurs de la ville, ne fut jamais rentable ; l'établissement devint un gouffre financier... avant de brûler, au grand soulagement de son dernier propriétaire.

Vincent se souvenait qu'enfant, les dimanches après-midi d'automne pluvieux et venteux, il sillonnait ces rues à vélo, la peur au ventre. Toutes ces maisons plus ou moins abandonnées semblaient hantées, et à un volet qui claquait répondait un portail qui grinçait. Le vent sifflait dans les angles des toitures et bruissait dans les pins de façon terrifiante.

Depuis, quelques amoureux fortunés et courageux avaient sauvé la Ville d'Hiver, si bien qu'il était désormais inconcevable de ne pas la parcourir à pied, un soir de printemps.

Sylvie était d'une curiosité et d'une indiscrétion telles que cela gênait Vincent. Sans scrupule, elle pouvait rester plusieurs minutes devant un portail, à observer les occupants de l'une de ces villas.

Ils quittèrent la Ville d'Hiver pour rejoindre le parc mauresque, ancien jardin du casino détruit, s'étendant sur plusieurs hectares, pour enfin descendre sur la Ville d'Été. Après avoir baguenaudé dans le centre-ville, très joliment rénové dans le respect habile du style arcachonnais, ils se dirigèrent vers le boulevard de la Plage, qu'il suffisait de suivre sur quelques kilomètres pour rejoindre le port.

Côté mer, c'étaient les allées et venues des plates des ostréiculteurs, chargées de poches d'huîtres, qui se suivaient à la queue leu leu. Ces bacs-chalands à fond plat souvent construits en aluminium étaient puissamment motorisés pour permettre à ces paysans de la mer d'aller plus vite et de rester plus longtemps sur leurs chantiers ostréicoles. Dans les années 1990, il était très bien porté pour un estivant de posséder une pinasse traditionnelle. Cela permettait d'afficher des origines arcachonnaises authentiques. Une nouvelle mode veut que l'on navigue désormais sur une plate ostréicole rustique et négligée, laissant aux parvenus la luxueuse pinasse aux couleurs tapageuses. Sur l'eau aussi, le snobisme se niche dans les détails.

Côté rue, la tendance était à se pavaner, et les voitures de luxe se suivaient à faible vitesse pour laisser le temps aux badauds assis sur la murette de la plage de les admirer.

Côté ville, les terrasses de cafés, de restaurants et d'écaillers se succédaient jusqu'à la jetée d'Eyrac. Les consommateurs regardaient les passants, qui regardaient les consommateurs, qui regardaient les voitures et les bateaux. Seuls les goélands scrutaient le sol à la recherche de miettes égarées et restaient indifférents à cette comédie humaine.

Au bout de la longue jetée Thiers, quelques pêcheurs s'essayaient au lancer, avant de se faire déloger par des policiers municipaux : ils avaient la mauvaise habitude de laisser traîner au sol les entrailles malodorantes de poissons utilisés comme appâts et des sacs de plastique poisseux qui ne demandaient qu'à s'envoler – de préférence vers un commerce de luxe.

Cet endroit était stratégique pour les bateliers qui embarquaient et débarquaient des touristes par grappes pour traverser vers la jetée Bélisaire du Cap Ferret ou faire le tour de l'île aux Oiseaux. Les ostréiculteurs raillaient ces bateliers qui faisaient les promène-couillons, tout en enviant leurs revenus et la facilité de leur travail.

Devant la jetée d'Eyrac était installé, depuis des décennies, le magnifique carrousel à chevaux de bois de monsieur Caramel, et lorsqu'on était accompagné d'un enfant on pouvait être certain d'y laisser toute sa monnaie et une bonne partie de la journée.

Sylvie était d'humeur joyeuse lorsqu'ils rejoignirent le port et *Méa*. La fraîcheur du soir s'installait, et il fallut fermer les capots du bateau pour prendre l'apéritif.

UN GÉORGIEN PEUT EN CACHER UN AUTRE

Après le dîner, Vincent prétexta une douche pour aller téléphoner discrètement au bâtiment sanitaire.

– Bonsoir, Madame, pourrais-je parler à monsieur Scheverdnaze ?

– De la part… ?

– Robert Laplagne, de la mairie.

– Désolée, Monsieur Laplagne, mais mon mari n'est pas là. Il joue ce soir au Grand Théâtre, à Bordeaux.

– Suis-je bête, il me l'avait dit. Excusez-moi, je le rappellerai.

En slip dans sa cabine de douche, son portable à la main, Vincent était dépité et se sentait ridicule.

– Zut, zut. Fausse route. Mon mort est vivant.

Agacé, et malgré l'heure tardive, il appela Théo Müller.

– T'en es où, du Géorgien bordelais au nom imprononçable ? Parce que le mien il est tout à fait complètement vivant, et si t'as rien à faire tu peux même aller l'écouter au Grand Théâtre.

– Saakachvili… Ouais… Il a sa chambre dans un hôtel confortable sur les Quinconces.

– Et il se porte comment ?

– Il s'est volatilisé.

– Il est parti à la cloche de bois ?

– Non pas. Dans sa chambre, il y a ses valises, ses costards sur des cintres, sa brosse à dents. D'après le veilleur de nuit, il rentrait presque tous les soirs, parfois très tard. Ils faisaient un brin de causette et il allait se coucher. Et là, depuis huit jours, plus rien, plus de son, plus d'image.

– T'as des billes ?

– Un peu, en remontant ses appels téléphoniques. Je te fais grâce des numéros en Géorgie, qu'on n'identifiera jamais, mais j'en ai relevé deux dans le coin. Le premier revient souvent et correspond à un nommé Andreï Tovaritch, demeurant au Cap-Ferret. Le second, il l'a composé plusieurs fois récemment ; c'est celui de la société SIBA, Société immobilière du bassin d'Arcachon.

– Théo, faudrait gratter là-dessus.

– J'ai commencé. Rappelle-moi demain, j'en saurai plus. Mais je n'aime pas que tu tournes autour de cette affaire. Qu'est-ce que tu es en train de fabriquer, exactement ?

– Moi ? Je me lave, par souci d'hygiène.

– Quoi ? Tu me téléphones de ta douche ?

– Exactement, Théo. Bonne nuit.

La soirée se passa comme toutes les soirées en voilier, au port ou au mouillage. À 20 heures, même si on ne sort pas le lendemain, on écoute France Inter pour avoir la météo marine, on prend quelques notes à la table à cartes, on tend une oreille distraite à l'émission qui suit, puis on s'échappe dans la couchette double du poste avant avec un mauvais polar, dont on va relire pour la quatrième fois la première page avant de s'endormir.

Ce fut à 8 h 45 exactement que Vincent fut réveillé par des coups sur la coque du bateau. Sylvie faisant mine de n'avoir pas entendu, il se leva de mauvaise grâce, et ouvrit le capot de descente.

Jean était là, sur le ponton, avec un sac de croissants et de chocolatines qu'il tendit à Vincent.

– Si vous voulez vous balader à scooter, profitez-en. Je ne me sers pas du mien aujourd'hui. Il ne va pas pleuvoir, c'est le moment.

Vincent le remercia avant de préparer le café. Surprise par ce remue-ménage, Sylvie grogna depuis sa couchette :

– Qu'est-ce qu'il y a ?

– Rien, c'est Jean qui fait des siennes. Repose-toi si tu veux.

– Hmmmm !

– La voile est un sport exigeant, je sais.

DU CÔTÉ DE LA TESTE

Ils paressèrent une bonne partie de la matinée et, vers midi, ils se décidèrent à aller déjeuner en scooter. Ils empruntèrent l'ancienne route d'Arcachon, qui longe les prés salés en direction de La Teste.

Vincent n'oubliait pas que La Teste était un port ostréicole dont l'accès maritime se faisait par la minuscule *canelette* de La Teste. À condition toutefois d'avoir un tirant d'eau très faible et de suivre scrupuleusement le balisage rudimentaire constitué de piniots, sans quoi l'on risquait de s'échouer lamentablement dans la vase, sous les yeux de parqueurs hilares.

Ce port asséchait à marée basse et n'était accessible que quelques heures par jour. Les pinasses et bacs-chalands étaient paisiblement échoués dans une vase profonde, à l'abri du ressac et des coups de vent.

Sur les quais et abords étaient installées les cabanes ostréicoles en bois, multicolores, faites de bric et de broc et servant d'atelier ou de lieu de stockage aux parqueurs. Sur le bord des chemins s'amoncelaient des tas de tuiles chaulées qui seraient immergées pour capter le naissain, des sacs à huîtres, et du matériel de pêche, le tout dans un joyeux désordre. Devant certaines cabanes, des pinasses en bois à la retraite gisaient sur le flanc, dans l'espoir d'une réparation prochaine. Leur état faisait douter qu'elles revoient l'eau un jour.

La vocation de port ostréicole de La Teste n'était pas si ancienne. Jusqu'au milieu du XIXe siècle, les pêcheurs se contentaient de ramasser les huîtres sauvages pour leur consommation ou pour faire du troc. À Bordeaux, on commençait à connaître ce coquillage au goût subtil, mais il n'existait aucun moyen d'acheminement ni de distribution à la hauteur de l'enjeu.

En 1841, les constructions de la ligne ferroviaire et de la gare de La Teste changèrent la donne ; l'ostréiculture se développa. Le Testerin devint de plus en plus parqueur et de moins en moins forestier, gemmeur ou résinier. Une grande page de l'histoire locale se tournait lentement.

Désormais, la région tirait sa force du tourisme. Toutefois, La Teste avait plusieurs visages. Son port ostréicole et son marché populaire pouvaient paraître gentiment surannés, mais qui savait que les magnifiques plages océanes du Petit Nice et de la Lagune étaient situées sur l'immense commune de La Teste ? Qui savait que le Pyla, sa dune, ses villas somptueuses étaient à La Teste, tout comme l'île aux Oiseaux ? Une chose était sûre, les Arcachonnais n'aimaient pas qu'on le leur rappelle...

Sur la terrasse de bois de la cabane ostréicole, Sylvie et Vincent dévoraient leurs poissons, et le niveau de la bouteille de bordeaux blanc baissait dangereusement.

– Vincent, n'oublie pas qu'on est à scooter.

– On ira marcher sur le port avant de partir pour éviter de faire de la buée dans le casque. Ensuite, on ira jusqu'à Biganos voir son petit port bordé de cabanes de pêcheurs sur la rivière l'Eyre. Là-bas, on se croirait à la campagne, alors que les marées se font rudement sentir.

Le soir venu, Sylvie repartit en voiture à Bordeaux, et Vincent se sentit soudainement bien seul. Petit à petit, il se mit à repenser au cadavre, qu'il avait réussi à oublier ces dernières heures. Cette fois-ci, n'ayant plus besoin de se cacher, il rappela Müller depuis le cockpit de son bateau.

– Comment sont les nouvelles, Théo ?

– Plutôt intéressantes. D'abord, Tovaritch. Un drôle de phénomène. C'est un Russe. Il a fait fortune en quelques mois lors du démantèlement de l'URSS. Il a commencé par être demandeur d'asile, mais il a maintenant un titre de séjour régulier et une demande de naturalisation en cours.

– Bravo, Théo, t'as dû en passer, des coups de fil ! Et la SIBA ?

– Société immobilière du bassin d'Arcachon, gérée par Michel Lartigue, 77 ans. Aucun antécédent judiciaire. Sa société est saine.

– Donc, si je résume, Saakachvili était en relation avec deux pointures de l'immobilier sur le bassin d'Arcachon.

– C'est confirmé par le veilleur de nuit de l'hôtel, avec qui il parlait souvent. Il était porteur d'affaires dans l'immobilier.

– Tu l'as cuisiné, ce gars ?

– Pas la peine. C'est un Arménien, presque un pays de Saakachvili. C'est un nostalgique qui, visiblement, s'ennuie derrière son comptoir. Ils buvaient des coups ensemble le soir, mais Saakachvili ne se racontait pas trop. La seule chose intéressante qu'il a pu dire, c'est qu'il travaillait dans l'immobilier, le plus souvent pour un Russe. Le veilleur a tout de même précisé que les derniers soirs, Saakachvili semblait soucieux et nerveux.

– Et tu le sens comment, ton veilleur de nuit arménien ?

– Clean. Aucun antécédent. Il bosse au même endroit depuis plusieurs années.

Assis dans le cockpit, emmitouflé dans sa veste de quart, une tasse de café à la main, Vincent réfléchissait. Et plus il réfléchissait, plus il avait envie d'envoyer balader cette affaire. Il avait identifié la victime, établi son profil, ce n'était déjà pas si mal. Il n'avait pas envie d'aller plus loin et, surtout, il n'en avait pas les moyens.

Il appela Dédé.

– Qu'est-ce que tu fais demain ?

– Je vais aux coquillages sur la Sableyre de Comprian. Tu viens ?

– Et la marée ? Parce que si c'est pour ramasser des coques à la lampe électrique, très peu pour moi.

– La basse mer est à 14 heures. Faut qu'on soit posés à 13 heures. On arrive là-bas à midi, faut qu'on parte à 9 h 15.

– Là, on sent le retraité de la SNCF, toujours soucieux des horaires… Bon, d'accord, je me lève à 7 h 25, je vais faire le plein à la supérette, je prends le pain et le journal et je suis à 9 h 12 sur *Marie-Thérèse*.

– Dors bien, Vincent !

Marie-Thérèse remontait péniblement le chenal du Teychan contre le jusant. Malgré sa vague d'étrave bien marquée, le paysage ne défilait pas bien vite et, de ses six nœuds de vitesse surface, il ne restait que deux nœuds de route fond. On avait le temps de contempler les piniots au sommet desquels se tenaient quelques cormorans.

Dédé détestait ces corbeaux marins. Le grand cormoran au plumage noir et au bec puissant était un phénomène, aussi à l'aise en vol que lorsqu'il plongeait à une quarantaine de mètres de profondeur jusqu'à deux minutes entières, évoluant sous l'eau plus vite que les poissons ne nageaient. Comment pouvait-on à la fois voler dans les airs, plonger comme une torpille, nager comme une otarie et être si laid ?

Vincent aurait parié que Charles Darwin avait passé de longues heures, accoudé au bastingage du *Beagle*, à observer ce drôle d'oiseau amphibie.

Pour Dédé, les choses étaient plus simples : le cormoran était une saloperie qui bouffait tout le poisson du Bassin et qu'il fallait éradiquer. Cette opinion peu nuancée lui avait valu une algarade avec l'un des gardes du parc naturel. Dédé, à court d'arguments et rouge de colère, lui avait conseillé d'aller brouter du quinoa, ce qui avait bien fait rire Vincent.

Assis à l'avant de *Marie-Thérèse*, Vincent était stupéfait par ce qu'il voyait dans ses jumelles : les bancs de sable normalement frangés d'herbiers endémiques, qui sont au bassin d'Arcachon ce que sont les posidonies à la Méditerranée, étaient complètement nus. Ces herbiers fixaient le sable, évitaient l'érosion, limitaient le déplacement des bancs et constituaient un abri précieux pour le fretin et les larves, tout en étant un lieu de reproduction. À basse mer, les zostères ressemblaient à de vastes prairies. Or Vincent ne voyait plus ces prairies…, elles avaient disparu !

Sous le choc, il se tourna vers Dédé, qui barrait.

– T'as vu Dédé, y a plus d'herbiers !

– Je sais. Ça a commencé l'année dernière et là, c'est fichu. J'ai lu un truc là-dessus dans le journal. L'eau est trop chaude et les herbiers ne supportent ni la chaleur ni le soleil. Les rivières qui alimentent le Bassin charrient de plus en plus d'herbicides qui proviennent de la culture du maïs, en amont. Et les coups de vent de l'hiver dernier n'ont pas arrangé les choses. Pour finir, t'as de plus en plus de ramasseurs de coquillages qui piétinent les herbiers, lorsqu'ils ne les passent pas carrément au râteau.

– Alors, quoi, il va falloir s'y faire ? Le fond du Bassin va ressembler à la planète Mars, les promène-couillons en plus… Ça s'envase, le sable part vers les passes qui vont se fermer, transformer le Bassin en lagune, comme Biscarrosse ou Lacanau… Oh misère !

– Ça m'étonnerait. Avec les marées, y a des millions de mètres cubes d'eau qui rentrent et sortent du Bassin, quatre fois par jour, et tu n'empêcheras pas cet effet de chasse d'eau. On en reparlera. En attendant, attrape-moi un bout de pain avec du pâté, j'ai un creux. Et un coup de pinard, tant que t'y es. Après tu me passeras une clope, j'en ai roulé une d'avance. Ah, et puis tiens, tu prépareras la pioche !

– J'ai bien fait de venir…

Marie-Thérèse se posa gentiment au fond du chenal de la Sableyre sous le regard indifférent d'aigrettes qui piquaient régulièrement le sable de leur long bec.

Pas besoin de patins à cet endroit ; le sable était propre, dense, et les bottes suffisaient. Dans son panier de grillage, Vincent ramassa une vingtaine d'huîtres sauvages qui avaient dû passer quelques années à rouler au gré des marées, car elles étaient énormes. Ces spécimens étaient très difficiles à ouvrir, mais Dédé avait sa technique.

Vincent repéra un trou dans lequel subsistaient encore quelques herbiers où devaient se cacher des anguilles. Il alla chercher la foëne et piqua avec obstination, à l'aveugle, dans la prairie. Il finit par capturer deux anguilles qui se tortillaient désespérément sur l'outil. Nées dans la mer des Sargasses, elles étaient venues dans le bassin d'Arcachon pour un jour repartir – sauf pour celles dont le périple était interrompu par un coup de foëne. L'anguille, si abondante hier encore, faisait désormais partie des espèces menacées, et, en raison de sa faculté à concentrer les polluants, sa consommation était même déconseillée…

Ils déjeunèrent en silence. Les huîtres-sabots réagissaient vigoureusement au trait de citron, et Dédé multipliait des claquements de langue et des soupirs d'aise.

– On y va ?

– S'il le faut, on y va. Mais seulement après le café.

Ils ramassèrent deux paniers de coquillages : principalement des coques, quelques palourdes et une dizaine de vernis. Dédé se mit à secouer énergiquement les deux paniers de grillage dans l'eau pour débarrasser les coquillages d'un maximum de sable, sachant que, de toute façon, ça craquerait sous la dent.

– Ce soir, ce sera vernis en entrée, quelques huîtres, spaghettis aux coques, omelette aux cèpes… Que de la cueillette !

– Parce que tu ramasses aussi les spaghettis ?

Ils rentrèrent suffisamment tôt au port pour faire une petite toilette à *Marie-Thérèse*, qui avait tendance à sentir le poisson, et inviter Jean, qui traînait sur le ponton, pour l'apéritif.

Jean, en plus d'être le maître de port en charge des pontons, des amarrages, et des divers incidents de la marina, était également la pipelette de service. Il savait beaucoup de choses et racontait absolument tout : du snob qui se déplaçait en Porsche mais qui ne payait ni sa place de port ni l'entretien de son bateau, au différend conjugal, en passant par les couples adultères et leurs discrètes escapades.

– Vincent, tu ne me fais plus jamais ton truc !

– Quel truc ?

– Rentrer au port sous voile, seul à bord. J'ai fait croire au capitaine que je t'avais mis un PV… Ne va pas lui dire le contraire, je perdrais la bouille !

– Donc, c'est un port réservé aux blaireaux, avec des règlementations pour les alpinistes, les randonneurs, ou les pèlerins de Compostelle ?

– Jusqu'au jour où tu vas emplafonner un bateau à cinq cent mille euros, dans le genre de celui de Tovaritch, et ce jour-là tu pourras admirer la tête de ton assureur.

– Tovaritch, celui qui est dans l'immobilier ? Tu le connais ?

– Ah oui ! Il est installé au Ferret, à la Pointe. C'est une grosse fortune. Il a gagné son argent en Russie, dans la sidérurgie.

– Qu'est-ce qu'il fait là ?

– D'après ce que j'ai compris, il a eu des ennuis dans son pays, le vent a tourné pour lui. Alors, il s'est installé en France. Il a investi dans des vignobles, et maintenant il est à fond dans l'immobilier. Il passe beaucoup de temps sur le Bassin, sinon il est à Bordeaux ou à Paris.

– Dans l'immobilier, mais où ça ?

– Ici, sur le Bassin. C'est un amoureux du coin. Il achète des terrains ou des maisons anciennes, il construit des appartements de luxe qu'il vend le plus souvent à d'autres Russes ou à des célébrités européennes. C'est un gars très apprécié.

– Qu'est-ce qui te fait dire ça ?

– Il finance plusieurs associations : le club de pétanque, le yacht-club, l'association des pêcheurs plaisanciers… Il est bien vu à la mairie. C'est un mécène.

– Un toubib russe ? releva Dédé.

– Non. Un mécène, un gars qui donne du pognon en veux-tu en voilà.

Jean, arcachonnais de naissance, semblait avoir des informations de premier ordre. Vincent choisit d'approfondir en feignant l'indifférence, quitte à jouer les ingénus.

– C'est donc à Tovaritch, la société immobilière SIBA ?

– Non, pas du tout. La SIBA, c'est le vieux Lartigue, un gars d'ici. Mais il va bientôt passer la main, il a presque quatre-vingts balais. C'est son neveu, le jeune Dumas, qui prend peu à peu sa succession. Mais, à mon avis, ça va pas marcher.

– Et pourquoi donc ?

– Parce que, autant le vieux Lartigue est sérieux et bosseur, autant Dumas est un charlot. Il est tout fou. Pour lui, la vie, c'est les voitures de sport, les filles, les boîtes de nuit, le casino. C'est un fêtard avec de mauvaises fréquentations.

– Ben alors, pourquoi lui laisser la succession, s'il est nul ?

– Affaire de famille. Lartigue n'a pas eu d'enfant. Les parents de Dumas sont morts dans un accident d'avion, et c'est Lartigue qui a élevé Jacques Dumas. C'est un peu comme son fils..., il lui passe tout.

– Et entre Tovaritch et Lartigue, ça se passe comment ?

– Devine. Lartigue est en perte de vitesse, et Tovaritch lui souffle de plus en plus d'affaires. C'est pas l'amour fou, mais pour l'instant ils se respectent.

– Ça m'épate. Et comment il s'y prend sur le terrain, ton Ruskoff, pour rafler les affaires ? Il n'est pas devin.

– Il marche avec un gars de chez lui qui bosse beaucoup, qui fait du porte-à-porte.

– Tu le connais, ce mec ?

– Eh, Vincent, ça va ! On s'en fout de tout ça ! C'est ton côté flic ou fouille-merde qui remonte à la surface ? Je te fais remarquer que j'ai le verre à marée basse, et si tu ne me donnes pas à boire vite fait, je risque de péter de la poussière.

– Excuse-moi, mon vieux. Dédé, nous sommes sur ton bord, c'est à toi à veiller aux niveaux, pas à moi. Le patron de *Marie-Thérèse* serait-il devenu chiche sur le pastis ?

Ils se séparèrent quelques heures plus tard, sans que Vincent n'en apprenne plus sur Tovaritch ni sur son mystérieux associé. Jean rejoignit la capitainerie d'un pas hésitant pendant que Vincent et Dédé se dirigeaient vers La Teste et la maison de Simone, qui devait s'impatienter.

Elle attendait les comparses devant ses fourneaux, surveillant les allées et venues du chat, qui surveillait celles de Simone.

– On va se faire un petit apéro, annonça Dédé.

– Parce que je suppose que vous n'avez rien bu jusque-là ? fit Simone.

– Presque. Juste un petit pastis pour ne pas laisser Jean comme un couillon sur le ponton. On va ouvrir les huîtres.

Vincent souffla à son ami.

– Tu sais, Dédé, pour ton cadavre…, j'ai des tuyaux. Je crois même que je l'ai identifié.

Dédé s'immobilisa, le couteau à huîtres à la main.

– Ça ne m'étonne qu'à moitié. Et alors ?

– Apparemment, c'est un étranger, un Géorgien qui travaillait ici.

– Et qu'est-ce qui lui est arrivé ?

– Je sais pas, mais il a certainement été trucidé. La question n'est pas là. Je lâche l'affaire. Je suis en vacances et j'ai pas envie d'avoir des ennuis. Demain matin, je vais voir les gendarmes, je vais leur donner mes renseignements, et c'est terminé pour moi. Je vais ramener *Méa* en solo à Bordeaux. Une escalade à Port-Médoc ou à Royan, et le lendemain au Bassin à flot n° 2. Comme ça, j'aurai le bateau sous la main pour bricoler ; si on veut monter en Bretagne à l'automne avec Sylvie, ce sera plus pratique.

– Et ta place au port, tu risques de la perdre !

– Non, je vais continuer à la payer et Jean me la garde. Il va même la sous-louer, ce chacal.

Les spaghettis aux coques étaient excellents et conformes à leur réputation, c'est-à-dire passablement sableux.

– Il aurait fallu faire dégorger les coques plus longtemps, regretta Simone.

– Les cèpes sont fermes, excellents, et la persillade est parfaite, fit Vincent.

– L'ail est du jardin, comme le persil. D'ailleurs, Dédé, va falloir que tu me retournes la rège à côté du figuier. Je vais y mettre les tomates.

– Bien sûr.

– « Bien sûr », tu me l'as dit dix fois, ton « bien sûr », et t'as encore rien fait. T'es toujours fourré au port sur *Marie-Thérèse* ou à vadrouiller à la pêche !

Dédé raccompagna Vincent au port. Il n'y avait que deux bateaux éclairés. La lumière chaude qui filtrait de leurs hublots laissait imaginer l'ambiance sereine et feutrée que seuls les intérieurs de voilier peuvent donner après le coucher du soleil.

L'alcool aidant, Vincent se sentit soudain terriblement seul. Seul, jusqu'à s'imaginer avec une pointe de lubricité en compagnie de Mireille, dans la couchette double du poste avant, au plafond si bas. Que pourrait-elle donc faire de ses jambes immenses dans un espace aussi confiné ? Difficile de conduire une si grande femme à la félicité dans un endroit pareil sans prosaïquement se cogner ou se retrouver avec une crampe mal placée.

Il avait décidément trop bu. Et, pour lui, la messe était dite. Il en avait fini avec cette drôle d'affaire.

Il envoya un message à Sylvie et sombra dans le sommeil quelques instants plus tard.

HAUTE TENSION

Le lendemain, après avoir mis un peu d'ordre dans la cabine du voilier, Vincent se dirigea à pied et l'esprit léger vers la gendarmerie. Les enquêteurs seraient certainement ravis de voir leur enquête avancer d'un coup d'un seul, et lui serait soulagé. Il ne resterait plus qu'à attendre une bascule de vent au sud-ouest pour détaler vers le nord.

Une fois sur place, le planton rechigna tout d'abord à appeler l'officier. Il posa une rafale de questions à Vincent avant de le faire asseoir et de passer des coups de fil.

Quarante minutes plus tard, alors que Vincent commençait à envisager de partir, l'officier arriva, une très nette expression d'hostilité sur le visage. En se levant, Vincent tendit la main au gendarme, mais celui-ci ne bougea pas d'un millimètre.

– Suivez-moi, se contenta-t-il de dire, se dirigeant vers un bureau situé au fond d'un couloir.

Vincent respira profondément. Il se savait capable de s'emporter, et le moment était on ne peut plus mal choisi.

– Voilà, je suis Vincent Laffargue, commissaire de police.

Le gendarme le coupa net.

– Je sais, je sais. Commissaire de police en vacances.

– Tout à fait. Je viens vous voir pour l'affaire du cadavre.

– Et en quoi vous intéresse-t-il, ce cadavre ?

– En dehors du fait que j'ai participé à sa découverte, que je vous ai appelé comme il se doit, il se trouve que je l'ai identifié.

– Pardon ? Mais de quoi vous mêlez-vous ? Vous êtes hors service, vous n'êtes ni territorialement compétent ni saisi. Qu'est-ce que c'est que ce bazar ?

– Monsieur l'officier, je vais essayer de rester courtois… Est-il indispensable d'être officier de police judiciaire territorialement compétent pour apporter son concours à une affaire judiciaire ?

– Vous voulez déposer un témoignage ordinaire, en quelque sorte.

Vincent opina.

– Donc, puisque vous êtes témoin, je vais procéder à votre audition.

– Non.

– Ah, parce qu'en plus c'est vous qui décidez de la conduite de la procédure ? C'est le commissaire Laffargue qui décide de l'opportunité d'une audition des gendarmes ?

L'officier appela un autre agent, qui s'installa derrière un ordinateur et commença à dicter :

– Entendons le nommé Laffargue Vincent, déjà identifié, soi-disant commissaire de police… entre parenthèses non vérifié, qui nous déclare… j'écoute.

Vincent sourit longuement, remuant la tête de dépit.

– Laffargue n'a rien à vous déclarer, ne déclarera rien et va s'en aller. Laffargue va éviter d'être grossier, et avant de partir Laffargue va se contenter de vous donner verbalement le nom de votre cadavre, question d'éthique personnelle : Giorgi Saakachvili, né le 11 mai 1975 à Tbilissi. Voilà, c'est tout.

Le gendarme se précipita sur une feuille de papier et demanda :

– Ça s'écrit comment, Sacache… ?

– Comme ça s'éternue. Et ça cache rien.

Sur ce, Vincent se leva et ouvrit la porte.

– Je vous avertis : si vous partez, j'avertis le procureur.

– Envoyez-lui le bonjour de ma part.

Et il partit.

Vincent était en proie à une de ces terribles colères qu'il ne savait pas contrôler. Il aurait roué un réverbère de coups. Était-ce possible d'être aussi obtus ? verrouillé sur le règlement et le Code de procédure pénale ? Le « soi-disant commissaire » va la sortir, ta putain d'affaire de merde, et tu vas te taper la honte, espèce de traîneur de sabre… Est-il possible d'être aussi naze ? J'y crois pas…

À défaut de lampadaire, il expédia d'un coup de pied une cannette vide à plus de vingt mètres, sous le regard réprobateur d'une vieille dame aux cheveux violets qui promenait son caniche. Il se sentait humilié.

Tout à sa colère, il fit chauffer le moteur de *Méa*, balança les amarres sur le ponton et embouqua la sortie du port sans même s'être préoccupé des horaires de marée. Jean, depuis le quai, les mains en porte-voix, lui lança :

– Tu vas où ?

– Tout droit…

– Tout droit, c'est New York !

– À ce soir, couillon.

On ne franchit jamais les passes du bassin d'Arcachon, tout comme on n'entreprend pas une croisière de plusieurs jours, sans prendre un correspondant à terre. C'est une règle élémentaire de sécurité. Passé un délai raisonnable, lui seul pourrait alerter les secours, lui seul connaissait l'itinéraire, le niveau de compétence du skipper et le signalement du bateau.

La question de Jean ne relevait donc pas de sa seule curiosité. Le « À ce soir ! » de Vincent signifiait qu'il allait faire un tour sur le Bassin, où le risque d'accident était réservé aux navigateurs agricoles et aux joueurs de fifre.

Enragé, Vincent avait surtoilé *Méa* et tirait des bords contre le vent d'ouest pour se dégager de la rade d'Eyrac, le pont du voilier dans l'eau, rasant les piniots d'un côté, un banc de sable de l'autre. Arrivé à la bouée n° 14, il put commencer à abattre pour embouquer le chenal de Piquey bâbord amure, à bonne vitesse. Il commençait à se calmer. Il rasa le port de la Vigne, puis ses trois villages préférés, l'Herbe, le Canon et Piraillan. Il se serait bien arrêté à Piraillan, saluer un ami ostréiculteur, mais son annexe était dégonflée et il ne se voyait pas y aller à la nage dans une eau si fraîche.

Alors qu'il longeait la cabane de Bob, Vincent entendit un long coup de corne de brume auquel il répondit de la même façon. Il alluma sa radio VHF, mais elle restait muette. Bob avait certainement repris ses activités. Le banc de travail de sa cabane était face à la mer et, été comme hiver, il regardait passer les bateaux. Il avait dû reconnaître le numéro de grand-voile de Vincent.

À la pointe des Graouères, il emprunta le chenal de l'Île, passant grand largue. Il envoya le gennaker, et *Méa* partit au galop jusqu'à la pointe du Congre pour finir par le chenal de Mapouchet. Il avait fait le tour de l'île aux Oiseaux en un temps record, et s'était rasséréné. Il finit par rejoindre le port à vitesse réduite sous grand-voile seule, avant de rentrer sagement dans le bassin. Au moteur, pour faire plaisir à Jean.

Chaudement vêtu sous son ciré, il avait transpiré lors des manœuvres et risquait maintenant de prendre froid. C'était décidé : il retarderait son départ pour Bordeaux et continuerait à s'occuper de l'affaire du cadavre. Question de dignité, ou bien d'orgueil mal placé ? Il ne se posait pas la question. Il avait seulement la volonté de montrer qu'on ne la lui faisait pas, qu'il n'était pas un lapin de six semaines…

Vincent termina la journée en arpentant les pontons, examinant de près tous les bricolages et les manœuvres que d'autres skippers avaient pu inventer pour améliorer leur bateau. Il s'attarda devant un voilier de course ancien, un six mètres J en bois, aux extrémités élancées, luisant de tous ses vernis et cuivres, avec une pensée pour le propriétaire, qui devait dépenser une petite fortune et beaucoup d'énergie pour le maintenir dans un tel état de perfection. Il pensait aussi et surtout aux Dix-Huit Heures d'Arcachon, régate ayant lieu en juillet.

L'année précédente, seul durant dix-huit heures, il avait fait le spectacle dans une brise puissante pour finir sur le podium. Et il restait convaincu que s'il avait eu un équipier pour pouvoir dormir ne serait-ce que quelques demi-heures, il aurait pu monter sur la première marche. *Méa* et sa garde-robe en étaient parfaitement capables. Tout résidait dans la qualité de fabrication des voiles, et Vincent avait son voilier, son couturier, ses coupes, ses habitudes. Cela valait plus que tous les plans d'architectes qui dessinaient des carènes modernes aux culs trop larges, aux entrées d'eau trop fines, des bateaux qui remontaient mal au vent, qui tapaient dans la vague, qui reculaient à la moindre erreur de réglage. Avec ces coques inspirées des courses autour du monde, où l'on ne connaissait que l'allure portante de luges qui, par leur design, flattaient l'acquéreur, ce dernier se prenant immédiatement pour un disciple de Tabarly mais, vent dans le nez, peinait à rejoindre son mouillage.

AU TROU

Le lendemain matin, alors qu'il se réveillait à peine, Vincent reçut un appel de Simone, complètement affolée.

– Les gendarmes ! Ils sont venus à 6 heures ce matin ! Ils ont fouillé toute la maison, ils m'ont mis un bazar de tous les diables et ils ont emmené Dédé !

Vincent eut du mal à en savoir plus, tant Simone était choquée et sanglotait.

– Il s'est même pas rasé… Il n'a pas pris ses médicaments… ni ses lunettes. Y a même un gendarme qui a marché sur la queue de Félix.

Ah ! les vaches, pensa Vincent, ils s'en sont pris au maillon faible. Et s'ils font peur à Dédé, ils peuvent lui faire signer n'importe quoi.

Le commissaire s'habilla promptement et essaya de réfléchir, mais la colère l'empêchait une nouvelle fois d'être lucide. Il tâcha de se calmer en respirant doucement. S'ils avaient serré Dédé, songea-t-il, c'était certainement parce qu'ils le reliaient à cette histoire de cadavre. Ils ne pouvaient pas décider d'une garde à vue sans raison, à l'encontre d'un simple témoin. Pauvre Dédé… Pourvu qu'il ne nous fasse pas un malaise !

Vincent appela une amie avocate et la supplia d'aller assister Dédé lors de son audition, puis prit le chemin de la gendarmerie. Il était presque sûr que cela allait mal tourner pour eux deux, mais il ne pouvait décemment pas laisser Dédé seul dans cette mauvaise passe.

À son arrivée, le planton le fit asseoir puis informa discrètement l'officier de sa présence. Dédé sortit d'un bureau, l'air abattu, marchant à pas lents, le regard dans le vague.

– Et alors ?

– Ils parlent de me relâcher. Mais avant faut la photo, les empreintes et le prélèvement ADN.

– Dédé, tu refuses !

– Je peux pas, ça va les contrarier.

– Je te dis de refuser, merde alors ! Maintenant, si tu veux faire copain-copain avec eux, je te laisse.

– Déconne pas, Vincent.

– C'est toi qui déconnes. Qu'est-ce que tu leur as dit ?

– Ben, que j'étais au courant que y avait un cadavre dans l'eau… Non, mais attention, Vincent, attention, j'ai précisé que c'est pas moi qui l'ai mis à la flotte.

– Encore heureux.

– Non mais, ne va pas croire, Vincent ! J'ai même précisé que je ne le connaissais ni des lèvres ni des dents.

– Ni d'Ève ni d'Adam…

– J'ai pas été jusque-là.

– Viens, Dédé, on se tire.

Mais Dédé était dévasté, complètement hébété. Il pleurnichait en fixant le sol et essayait de parler entre deux hoquets. Ils se dirigèrent vers le premier bar et commandèrent deux whiskys.

– Raconte…

– Ils m'ont tout dit, tout fait. Ils m'ont dit que t'étais un moitié voyou, que t'étais toujours mouillé dans des affaires bizarres, et que je t'avais aidé à te débarrasser du bonhomme. Ils m'ont demandé pourquoi tu l'avais tué, et qui t'avait commandité… Etc. Tu te rends compte ?

– Oui, je vois. T'as signé quelque chose ?

– Rien. J'aurais bien voulu, mais j'avais pas mes lunettes. Ils ont téléphoné au tribunal, qui a demandé qu'on me relâche… Mais t'imagines la tête de mes voisins, qui m'ont vu partir entre deux gendarmes ! Quelle honte… La même chose, patron !

– On s'en fout, de tes voisins.

Vincent fulminait. Dédé reprit, plus calmement :

– Mais apparemment, ils ont avancé. Ils ont identifié le mort.

– Tu parles… C'est moi qui leur ai donné le nom.

– Ah bon ? Je savais pas. Et ils ont un gars dans le collimateur. Le responsable d'une association écologiste qui aurait eu maille à partir avec la victime au sujet de terrains en bord de mer ; j'ai entendu ça quand ils causaient.

– N'importe quoi.

– Ils cherchent à savoir quelles relations ce gars peut avoir avec toi.

– Donc, ils me rêvent encore. Allez, viens déjeuner avec moi sur *Méa*. J'avertis Simone. Il ne faudrait pas qu'elle te voie dans cet état. On va se consoler : j'ai un magnum de marbuzet qui ne va pas s'en remettre…

Et c'est alors que Dédé se remit à pleurer comme un enfant.

Jean traînait encore sur les pontons, vérifiant un amarrage par-ci, bavardant par-là. Il héla Vincent.

– Y a un pot ce soir au yacht-club, tu viens ?

– Bof…

– C'est un gros truc. Apéritif dînatoire, musique et tout le toutim.

– En quel honneur ?

– Monsieur Tovaritch. Il vient de faire un nouveau don au club et organise cette petite fête. Il y aura le conseil municipal et tout le bureau du club.

– Ok, j'y serai.

Mais Dédé était décidément très secoué. À la fin du repas, il se remit à pleurnicher.

– C'est le contrecoup, je crois.

– Je crois que c'est la bouteille qui a subi un sérieux contrecoup, mon pauvre vieux. Elle est sèche.

– Même toi, tu deviens salaud avec moi, tu me parles mal. Tu ne m'aimes pas…

– C'est ça. Tout le monde t'en veut. Va faire la sieste à l'avant pendant que je fais la vaisselle.

Docile, Dédé alla s'allonger. Moins d'une minute plus tard, il appela Vincent.

– Vincent, t'es mon ami, pas vrai ?

– Oui, oui, même si t'as pris un coup dans les carreaux.

– Hé, Vincent ? Si des gendarmes viennent pour m'arrêter, tu leur dis pas que je suis sur ton bateau, d'accord ?

– T'inquiète pas, je les vire.

Quelques secondes plus tard, Dédé ronflait comme une toupie. Vincent en profita pour appeler Müller.

– T'as quelque chose sur Alex le Fada ?

– Oui, mais non vérifié. Il y avait bien un certain Alexandre Lafont en garde à vue pour violences à agent, mais il est ressorti. Comme d'habitude, avec les félicitations du jury et un lourd soupçon sur le comportement des représentants de la force publique qui l'ont arrêté. À l'audience, il s'est dit que les trois flics qui l'avaient interpellé étaient un ramassis de crypto-fascistes sadiques et assoiffés de violence.

– Putain, t'es en forme !

– Non, mais ils me fatiguent, au tribunal. Revenons-en à ton mec. Il a 28 ans, c'est un fondu. Ça pourrait coller. Mais il est dans la nature, totalement introuvable. Fais gaffe, il a vraiment l'air fêlé.

– T'inquiète. Et son mentor ?

– Rien, rien de rien. C'est un solitaire, cet Alex, un mercenaire qui monte sur un coup lorsqu'on a besoin de bras, c'est tout. Il n'appartient à aucune bande connue. Il grenouille un peu partout.

Vincent emprunta le scooter de Jean et ramena Dédé chez lui. Ce dernier retrouva son sourire en même temps que Simone, son chat et sa maison.

– Mimi va bien ? et les voisins ?

– Ils ont été très bien. Ils ont confiance en toi.

– Bon, on va boire un coup.

– Non, Dédé, non ! On a assez picolé comme ça ! T'as à peine dégazé, tu vas pas rallumer la chaudière ! Si tu continues, tu vas avoir des grésillements dans le cigare, des cigales dans la caboche… À bientôt, Dédé.

UN MÉCÈNE

Jean n'avait pas menti : Tovaritch avait fait les choses en grand. Le buffet, superbe, avait été préparé par un traiteur prestigieux. Le nombre de serveurs était impressionnant. Les bouteilles de champagne millésimé étaient soigneusement alignées dans leurs seaux, sur des nappes de coton blanches.

Vincent se félicita d'être arrivé en retard, peu avant la fin du dernier discours. Plusieurs plaisanciers étaient de la fête, et les premières discussions roulèrent sur les bateaux et la navigation.

– T'as vu le dernier 32 pieds de chez Bénéteau ?

– Il est laid, et un bateau laid ne marche jamais bien.

– Mais il n'est pas laid du tout !

– T'as vu son arrière ? On dirait qu'il est plus large que long, non merci. C'est peut-être la mode, mais c'est moche, je suis sûr que ça marche pas au près, un truc comme ça. C'est une bassine pour faire du vent arrière, c'est tout. Et au vent arrière, tous les bateaux sont bons.

Vincent surveillait Tovaritch et Jean du coin de l'œil. Lorsqu'il les vit discuter ensemble, il prit congé de ses interlocuteurs pour saluer Jean, qui ne pouvait faire autrement que lui présenter son ami russe.

– Monsieur Tovaritch, je vous présente l'un des meilleurs skippers du yacht-club, Vincent Laffargue. C'est un battant qui navigue toute l'année et qui nous fait souvent des places d'honneur en régate.

– Bravo, Monsieur. Le club a grand besoin de marins tels que vous. Mon ambition est de développer l'esprit sportif de l'association, de réduire la moyenne d'âge des membres et d'aller concurrencer les Bretons sur leur terrain. Il faut qu'on entende parler d'Arcachon autrement que par les pages people des magazines. Je veux qu'un jour on remplace les photos de présentatrices de télé à moitié nues sur la plage par celles d'un départ de la course du Figaro…

– Que vos vœux soient exaucés !

– Ils le seront. On y mettra les moyens, vous allez voir ce qu'on peut faire ; j'ai en projet de créer des courses, en solitaire ou en équipage. Mais, dites-moi, Vincent, demain, je donne une petite fête au Ferret ; joignez-vous à nous ! Ce cher Jean sera des nôtres, il vous accompagnera.

– Avec plaisir.

Tovaritch avisa un élu, et lui adressa un signe.

– Excusez-moi, dit-il en s'éloignant. Il faut absolument que je parle à ce monsieur. Il n'y a pas que le sport dans la vie.

Tovaritch était indéniablement sympathique. Simple, chaleureux, et son caractère était assorti à son physique. L'homme dominait l'auditoire par sa stature et sa voix de baryton.

Vincent entreprit Jean :

– Tu le connais bien, apparemment ?

– De mieux en mieux. Pour le club et le port, cet homme est une bénédiction. Il est plus arcachonnais que n'importe quel gars d'ici. Il est un peu comme ces Russes blancs qui se sont installés dans notre région dans les années 1920. De l'argent, de l'enthousiasme, des projets et une touche d'exubérance. L'homme est déterminé et assez autoritaire.

– Tu me confirmes ce que tu me disais hier ?

– Bien sûr, tout à fait. T'as encore d'autres questions bizarres comme ça ? Il est dans l'immobilier, même s'il n'a pas besoin de ça pour vivre. Moi, ça me dérange pas. Il achète, il construit, il rénove, il revend, et alors ? Sûr, c'est pas du goût de tout le monde, mais qu'est-ce qu'on en a à foutre ? On s'est fait spolier par les Bordelais pendant trois générations, sans aucune contrepartie. Qu'un Russe investisse et nous soutienne, ça me va très bien. Le résultat, tu peux le voir sur les palissades de chantier : SA Tovaritch, SCI Tovaritch, Tovaritch Concept… Il embauche et il paye bien.

– C'est curieux, ce gars qui arrive de nulle part et qui se retrouve si vite en position dominante dans son secteur. Tu ne trouves pas ? Il écrase son concurrent, et personne ne réagit. Pourtant, je suppose que Lartigue a des appuis et qu'il ne se laisse pas faire. Ou alors, Tovaritch arrose tout le monde ?

– Qu'est-ce que tu vas chercher, mon pauvre Vincent ? Ici, dans cette belle salle, face à la mer, tu es marin ou tu es flic ? Profite du panorama au lieu de nourrir des idées saugrenues. Tovaritch arrose, mais Lartigue aussi, rassure-toi. Va pas mettre ton nez dans ces histoires, tu risques de prendre un mauvais coup que tu ne verras pas arriver.

– Demain, pour aller au Ferret, on prend la voiture ou la pinasse du batelier ?

– La pinasse. Ça ne prend qu'une demi-heure, alors qu'en voiture, il faut faire tout le tour du Bassin. Et puis, du débarcadère de Bélisaire à la Pointe, il y a des bus, et Toto a prévu des véhicules avec chauffeurs.

– Toto ?

– Ben… Tovaritch.

– On fait comme ça. À demain, Jean.

Vincent était pensif. Ce qui lui paraissait le plus étonnant dans cette soirée, c'était que personne ne semblait au courant du meurtre de Saakachvili. Peut-être l'étaient-ils et faisaient-ils mine de ne rien savoir. Mais pourquoi ? Avaient-ils peur ? Avaient-ils été achetés ?

Tovaritch avait l'air bien à l'aise, tranquille. Tous semblaient être en admiration devant ce géant blond au rire tonitruant. Le Russe appliquait-il à Arcachon les méthodes qui lui avaient permis de réaliser si vite sa fortune lors de l'effondrement de l'URSS ?

La longue marche qu'il fit le long de la plage, du port à la jetée de la Chapelle, n'aida pas Vincent à faire le tri dans ses conjectures, ce qui le tourmenta. Il regrettait que cette affaire de cadavre recommence à lui encombrer l'esprit, et se sentit bien amer.

Il se surprit à rêver de rencontrer inopinément Mireille, au coin d'une rue. Elle viendrait de se fâcher avec son futur mari, elle serait descendue de voiture en claquant la portière, oubliant même son sac à main avec son téléphone. Désemparée, les yeux rivés au sol, elle réfléchirait à un moyen de pouvoir regagner Bordeaux, le cœur en déroute et le moral en berne. Et là, à l'angle de cette rue, elle tomberait nez à nez avec Vincent… seul, décontracté, hâlé par ses escapades nautiques. Vincent l'affectueux, le réconfortant !

Un automobiliste l'évita de justesse en klaxonnant rageusement, ce qui tira le commissaire de sa rêverie. Mireille n'était pas là, sur ce trottoir, elle était ailleurs, dans les yeux d'un autre, cet autre, élégant, pétri de bonnes manières et qui la faisait si souvent rire. Le docteur Cassagne pensait-il encore quelquefois à ce Vincent aux manières rustres, à la dégaine débraillée ?

Pour cesser de s'apitoyer sur son sort, il s'attabla à une terrasse de bar du boulevard de la Plage, et y resta longtemps à regarder passer les gens, à écouter les conversations, à méditer, en se posant toujours la même question : pourquoi ne laissait-il pas tout simplement tomber cette histoire ? Puis une nouvelle vision du gendarme hautain et suspicieux qui avait tourmenté Dédé jaillit dans son esprit. Il avait sa réponse.

AU FERRET

Le rendez-vous à la cabane des bateliers de la jetée Thiers avait été fixé à 11 h 30, et Jean était parfaitement à l'heure. La petite fête donnée par Tovaritch était prévue pour durer toute l'après-midi, la soirée et, pour les plus courageux, une bonne partie de la nuit.

Le batelier, qui connaissait bien Jean, rit à gorge déployée lorsque Vincent voulut payer le montant des traversées.

– Je parie que vous allez vous encanailler chez le Ruskoff à la Pointe.

– On ne peut pas dire que tu sois discret, Roger.

– Depuis ce matin, j'en ai passé des quelques-uns et des quelques-unes, et pas que des pauvres et des vilains. Ah ! il sait y faire, Popov, on n'attire pas les mouches avec du vinaigre… Y en a même qui donnaient l'impression d'aller chez Barclay à Saint-Tropez ! Sapés en blanc de la tête aux pieds !

– Ça ne te ferait rien de la fermer ? Occupe-toi de ta pinasse et regarde où tu vas, tu vas finir par tamponner un estivant, misérable batelier de mes fesses !

Au débarquement à la jetée de Bélisaire, Vincent se sentit submergé par les souvenirs. C'était au Cap Ferret qu'il avait fait ses premiers pas, sur l'une des plages tranquilles du côté Bassin. Les plages océanes sauvages toutes proches étaient réservées aux plus grands. Ils y apprenaient les courants de baïnes vicieux et terriblement dangereux, la puissance des rouleaux qui pouvaient briser la nuque d'un imprudent sans le moindre scrupule.

Ensuite, ils apprenaient à surfer, tout doucement. Ils passaient du body-board au long-board, et enfin au surf.

À cette époque, la presqu'île du Cap Ferret était une sorte de bout du monde abandonné aux originaux et autres amateurs de nature vierge, par opposition à la ville d'Arcachon, urbanisée et prospère. Il n'y avait aucune activité économique et il était même difficile de s'y approvisionner correctement.

Il n'y avait pas si longtemps que l'on pouvait atteindre la Pointe en voiture pour y admirer les passes du Bassin et l'imposante dune du Pilat, qui offrait là sa plus belle vue.

Au début du xxe siècle, l'État avait décidé de vendre à très vil prix une partie importante de ces terrains dunaires : ils étaient soumis aux embruns ainsi qu'à de très fortes érosions marine et éolienne. C'étaient des espaces propres à rien, hantés par quelques résiniers sauvages ne quittant que rarement la forêt.

En ce temps-là, seuls quelques ostréiculteurs aventureux de Gujan-Mestras et de La Teste se risquaient en pinasse jusqu'à la conche du Ferret, où ils construisirent peu à peu un petit village ostréicole. Aucune route ne reliait encore le village de Lège au Cap Ferret.

De la même façon, en 1908, l'État se débarrassa une nouvelle fois pour un prix symbolique d'un terrain boisé de quarante-quatre hectares, le vendant à quelques particuliers qui devaient le réserver à des activités de chasse, pêche et balnéaires.

Sans voirie ni assainissement, sans la moindre commodité, ce havre de paix à l'extrémité de la Pointe ne rassemblait que des amateurs de solitude en quête de tranquillité et de discrétion. Ce domaine dit « des Quarante-Quatre Hectares » était devenu l'un des lieux les plus recherchés de France, un de ces endroits où, l'été, on croisait régulièrement des vedettes du star-système. Pourtant, il n'y avait toujours ni voirie ni assainissement, et les 2 CV et autres Méhari étaient plus adaptées aux pistes de sable dunaire que les voitures de sport italiennes. La pointe étant un cul-de-sac, il était difficile aux curieux de s'y aventurer sans s'y égarer ou sans lamentablement enliser leur voiture sur un des chemins.

Dans les années 1920, l'inquiétant Alexandre Joyeux tenta quelques opérations immobilières sur la presqu'île. Elles se soldèrent par une faillite retentissante. À sa décharge, il était secondé dans ses affaires par un Russe – déjà –, le sinistre Joanovici, chiffonnier-ferrailleur illettré qui fera fortune plus tard en vendant des métaux aux Allemands durant la guerre, et qui, bien que juif, sera l'ami d'Henry Lafont, le chef de la gestapo française. Nul doute que l'endroit exerçait sur les personnages hors du commun une attirance magnétique, songea Vincent.

Dans les années 1980, un homme haut en couleur, riche et animé d'idées très personnelles sur l'avenir de la presqu'île posa ses valises à la pointe du Cap Ferret. Il fut immédiatement confronté à la puissante érosion marine qui faisait reculer le trait de côte à toute allure et menaçait sérieusement son domaine, tout comme les propriétés voisines.

Disposant de puissants moyens financiers et sans s'embarrasser de l'avis des autorités, Sisyphe entreprit de défendre la pointe en enrochant l'estran. L'idée était de ralentir, voire de stopper, le minage naturel des puissants courants marins. Mais sa digue souffrait des tempêtes et des marées hivernales de fort coefficient et, à chaque printemps, les travaux titanesques devaient reprendre avec ardeur pour réparer et consolider l'ouvrage de presque cinq cents mètres de long.

Sisyphe affronta les quolibets des uns, suscita l'admiration des autres et provoqua l'embarras des pouvoirs publics. Mais il n'y a guère de passion sans lutte, et l'obstination du Robinson du Ferret inspirait désormais un respect presque unanime.

UN RUSSE À LA POINTE

La résidence de Tovaritch se situait dans le domaine des Quarante-Quatre Hectares. Le propriétaire des lieux n'avait probablement eu aucun mal à faire connaissance avec des célébrités nationales, lors de l'une des réceptions estivales du quartier.

La demeure était imposante et de bon goût, avec un parti pris de modernisme confortable, pratique et dépouillé. On aurait pu craindre, de la part d'un Russe parvenu, d'avoir affaire à une villa hollywoodienne ou à une sorte de gâteau à la crème aux couleurs pastel, avec dorures sur les tranches. Or cette maison de bois s'intégrait parfaitement au paysage, et comportait quelques clins d'œil aux traditions ferret-capiennes.

L'architecture en *domus* faisait que toutes les pièces ouvraient sur un jardin intérieur arboré et partiellement recouvert de caillebotis de teck, qui menait à la piscine et à d'autres endroits discrets entourés de genêts et d'arbousiers. Si la maison tournait délibérément le dos à l'extérieur, on pouvait en faire le tour ou passer d'une pièce à l'autre par le patio.

Un employé de maison en bermuda beige et chemisette de sport blanche vint les accueillir, s'enquit de leur identité, et leur demanda s'ils comptaient rester pour la nuit, avant de les conduire jusqu'à Andreï Tovaritch. Celui-ci, accompagné d'une magnifique blonde, était en grande conversation avec trois hommes qui semblaient l'écouter avec la plus grande attention.

– Bonjour Jean, Vincent, je suis à vous tout de suite.

Tovaritch avait l'élégance de se souvenir des prénoms.

Un avocat pénaliste du barreau de Bordeaux vint serrer la main de Vincent avec une sorte de componction mielleuse, lui donnant du « cher ami » long comme le bras. Vincent ne l'avait pourtant croisé que très rarement dans les couloirs du palais de justice. Pour se débarrasser de lui, Vincent fut tenté de lui dire qu'il n'était plus à la tête de la brigade financière, mais aux enquêtes papier. Cela aurait certainement suffi au flatteur pour tourner les talons…, mais il le laissa faire. L'avocat essaya de l'entretenir d'une affaire en cours. L'incendie volontaire d'un restaurant lié à une affaire de racket, semblait-il.

– Ça avance, lentement, mais ça avance, lâcha Vincent, ignorant tout de l'histoire en question.

– Et mon client ?

– Il ne faut pas qu'il se fasse plus de souci que nécessaire, ça va bien se passer pour lui.

– Vous êtes sûr ?

– Si je vous le dis.

– Je vais vous chercher une coupe de champagne.

Vincent avait perdu Jean de vue, mais il retrouva rapidement sa trace : il était en train de faire la cour à une jolie femme qui étouffait des bâillements. Plus loin, il aperçut un copain de bateau – Adrien, voisin de ponton et redoutable régatier – qui avait l'air d'être venu tout seul. Il lui fit un signe et Adrien s'approcha tout sourire, pour serrer énergiquement la main de Vincent.

– Alors *Méa*, tu vas bien ?

– Comment va *Pégase* ?

Les marins s'appelaient souvent par le nom de leur bateau, preuve s'il en était que le skipper faisait corps avec son voilier pour ne former qu'une seule entité.

Adrien semblait surpris de la présence de Vincent à la réception.

– Alors, qu'est-ce que tu fais là ?

– La même chose que toi : des ronds de jambe. Je picole, je fais connaissance.

– Tu ne connaissais pas Tovaritch ?

– Jusque-là, non. Il a l'air tonique, le zèbre !

– Plutôt, oui. Sympa, jovial. Mais faut pas lui chier dans les doigts, il n'aime pas ça du tout.

– Il n'a pourtant pas l'air méchant…

– Si t'es réglo, t'as rien à craindre de lui, mais je peux te dire qu'il ne se laisse pas faire. Tiens, par exemple : y a quinze jours, la secrétaire du club, qui savait que j'allais déjeuner à la Pointe, *Chez Hortense*, m'a demandé si je pouvais m'arrêter chez Tovaritch pour lui déposer une lettre urgente. J'arrive, je passe le portail, et là, je vois Tovaritch et son secrétaire dans le jardin, aux prises avec un gars… J'aurais pas voulu être à sa place. Ils le traitaient de tous les noms, en russe et en français.

– Qu'est-ce qu'ils lui disaient ?

– Que c'était un traître, une ordure, un pourri, qu'il allait finir au bout d'une corde ou bouffé par les crevettes… C'était très violent. Du coup, j'ai refilé mon courrier à un larbin et je suis parti, sans qu'ils ne me voient.

– Et c'était qui, leur souffre-douleur ?

– Je sais pas. Un gaillard. Il ne disait pas grand-chose. La tête basse, il opinait sans rien dire.

– Merci, Adrien. Passons à autre chose. Tu sais que je vais faire peindre des devinettes et des rébus sur l'arrière de *Méa* ?

– Ah bon ? Et pourquoi ça ?

– Pour ne pas que tu t'ennuies. Parce que la saison prochaine, comme tu seras toujours derrière moi, je te prévois de la lecture… Avoue que je suis sympa !

– Espèce de rigolo… Tu ne m'as battu que deux fois, l'an dernier. Une fois parce que j'ai coincé ma drisse de grand-voile sur une prise de ris, ce qui m'a fait perdre une minute, et la seconde fois parce que je me suis pris un orin de casier dans le safran.

– Tous les perdants ont des excuses. Moi, j'ai le triomphe modeste.

– Vincent, cette année, je vais te ridiculiser.

– Ton bateau est redoutable, c'est vrai, surtout au près dans la brise. Il est beau, et tu sais t'en servir.

– Pour rien au monde je ne me séparerais de mon Aphrodite 101.

Andreï Tovaritch vint saluer Vincent de plus près.

– Je suis heureux que vous ayez donné suite à mon invitation. Comment trouvez-vous ma maison ?

– Magnifique ! Et très agréable, on s'y sent bien.

– Vous avez deviné, je suppose, qui l'a dessiné et décoré ?

– Pas vraiment.

– Ben voyons ! Mon voisin… L'un des plus grands designers européens.

– Ah, je vois ! Je lui dois la décoration de mon voilier !

– J'ai cru comprendre qu'on pouvait compter sur vous pour les régates du club.

– J'ai vu vos dernières réalisations immobilières, c'est somptueux.

– N'est-ce pas ? Somptueux et pas cher. Si vous avez besoin d'un appartement, voyez ça avec mon secrétaire, Youri, on vous fera un prix.

Il fit un signe à Youri, qui s'approcha.

– J'ai également vu votre projet de port en eaux profondes sur la Côte Noroît. Superbe ! Et le besoin de places de port se fait de plus en plus sentir sur le Bassin.

– Si vous voulez réserver une place avant le début des travaux, c'est le moment ! Voyez avec Youri, je vous laisse.

Tovaritch s'éloigna en même temps que Youri s'avançait pour serrer la main de Vincent. C'était comme une chorégraphie soigneusement répétée. En quelques minutes, Vincent pouvait prétendre à un appartement avec vue sur la mer et à une place au port. Pas étonnant que Tovaritch soit si apprécié. Youri ne rechignait pas à animer la conversation. Il parlait d'Andreï avec admiration.

– Andreï est visionnaire. Il a en projet de monter plusieurs exploitations ostréicoles.

– Pour faire concurrence aux parqueurs ?

– Pas du tout. En fait, les huîtres elles-mêmes ne l'intéressent pas. Par contre, cette activité donne lieu à un droit d'occupation du domaine public maritime, si vous voyez ce que je veux dire.

– Je crois comprendre.

– Il pourrait alors construire des cabanes en relation avec l'activité ostréicole sur la bande littorale. Ensuite, si quelqu'un veut une cabane traditionnelle avec vue sur le Bassin et les pieds dans l'eau, il lui suffira de prendre une part dans l'entreprise ostréicole pour devenir lui-même ostréiculteur et avoir à son tour un droit d'occupation. Et il en sera de même pour les corps-morts des bateaux. Ils ne seront plus dédiés à la plaisance, mais deviendront professionnels. On pourra demander qu'ils soient installés devant les cabanes et qu'ils soient beaucoup moins taxés. On est en pourparlers avec l'administration et la mairie. On a fait faire des plans de cabanes. C'est un superbe projet, écologique de surcroît.

Vincent décida de tenter le tout pour le tout.

– Vous travailliez avec Saakachvili, n'est-ce pas ?

– Vous le connaissez ?

– De vue.

– Pauvre Giorgi. Monsieur Tovaritch a dû s'en séparer, il y a peu. Pourtant, ils étaient très proches.

Aucun trouble ne semblait affecter Youri.

– C'est probablement indiscret de vous demander pourquoi…

– Non. On a perdu Giorgi en moins de six mois. Il a commencé par jouer au casino. Plus que de raison. Puis il s'est mis aux tables de poker et a accumulé les dettes. Andreï lui a prêté de l'argent. Dans cet univers de la nuit, il a découvert la cocaïne et est tombé dedans la tête la première. Il s'est endetté de plus en plus. Andreï l'a renfloué encore et encore, mais il travaillait de moins en moins et son caractère se dégradait. Tout cela s'est terminé le jour où Andreï s'est rendu compte que Giorgi roulait aussi pour Lartigue, de la SIBA, et qu'on avait perdu deux beaux programmes au Pyla parce qu'il avait favorisé Lartigue. Ça s'est très mal passé avec Andreï, qui ne supporte pas la trahison. Il l'a viré sur-le-champ. Giorgi a pris ses affaires et il est parti. On n'a plus jamais eu de nouvelles de lui, et cette histoire a beaucoup affecté monsieur Tovaritch.

– Vous saviez qu'il était mort ?

Vincent attendait beaucoup de la réaction de Youri. D'expérience, il savait qu'il est impossible de simuler totalement la surprise dans ce genre de circonstance. Mais Youri semblait médusé, totalement atterré. En l'examinant soigneusement, Vincent fut ébranlé à son tour. Difficile d'imaginer que cet homme sût quoi que ce soit.

– Quoi ? Comment l'avez-vous appris ?

– J'ai retrouvé son corps dans le Bassin.

– Vous avez... Venez avec moi, venez ! Il faut qu'on avertisse Andreï. C'est épouvantable !

Youri écarta sans ménagement l'interlocuteur de Tovaritch et déclara :

– Allons dans votre bureau, Vincent a quelque chose de la plus haute importance à vous dire.

Tovaritch protesta mollement, inquiet de l'attitude de son secrétaire.

– Est-ce si grave que tu veuilles gâcher ma fête ?

Vincent se voyait, une fois de plus, confier la mission de messager de la mort. Il savait que, dans ces cas-là, son nom, son visage et sa voix resteraient à jamais associés, pour les interlocuteurs, à l'annonce de cette funeste nouvelle.

Tovaritch s'assit à son bureau, une coupe de champagne à la main, et tira sur son cigare.

– Je vous écoute, Vincent. Qu'y a-t-il donc de si urgent ?

– Je viens simplement d'annoncer à votre secrétaire la mort de Giorgi Saakachvili, votre collaborateur.

Le visage de Tovaritch se ferma. Un long silence s'ensuivit avant qu'il questionne :

– Savez-vous s'il s'agit d'une overdose, d'un suicide ou d'un accident ?

Ce fut le tour de Vincent de marquer une pause.

– Meurtre, probablement.

– Pauvre garçon. Il avait tout pour lui. Comment est-ce possible de plonger si vite et de tomber si bas ? Et nous n'avons rien compris, rien vu venir. Je me contentais de l'engueuler de plus en plus souvent.

– Et même très sévèrement, si je ne m'abuse…

– C'est vrai. Je ne supportais plus ses égarements.

– Pourquoi ?

– Il m'a trahi et j'ai tardé à le comprendre. Et ce n'est que lorsque j'ai perdu deux grosses affaires face à Lartigue que j'ai réalisé qu'il jouait sur deux tableaux. Tout à coup, il s'entendait trop bien avec le neveu de Lartigue. Je ne suis pas arcachonnais, mais j'ai des antennes. Et lorsqu'on fait la java trois soirs par semaine avec l'héritier de son adversaire, qu'on fréquente les voyous de Bordeaux, qu'on se laisse aller aux substances psychotropes, il y a alerte. Giorgi a été infidèle. Chez vous, on dit qu'il a mangé à tous les râteliers. Chez moi, c'est une trahison. Ça m'est insupportable.

– Est-ce que ça mérite la mort ?

– Bien sûr que non. Mais j'aurais été le seul à avoir le droit de la lui donner. Giorgi s'est égaré, il en a subi les conséquences, c'est terrible.

Vincent remarqua l'ambiguïté du discours de Tovaritch. Selon lui, Saakachvili avait mérité son sort, mais il n'y était pour rien. Franchise brute de décoffrage ou fine perversité ? Vincent aurait aimé pouvoir y voir plus clair, mais un employé frappa à la porte et informa Tovaritch que des gendarmes voulaient le voir.

– Faites entrer.

Vincent n'eut même pas le temps de prendre congé que l'officier entra dans la pièce avec l'élégance d'un éléphant, flanqué de l'un de ses hommes. Le militaire sourit avec une jubilation mal dissimulée.

– Tiens donc, Laffargue, quelle surprise !

Vincent ne répondit pas.

L'officier, prenant certainement l'attitude de Vincent pour de l'embarras, renchérit :

– Vous vous connaissez depuis longtemps ?

– Depuis hier soir.

La réponse de Vincent sembla amuser le gendarme au plus haut point. Mais il n'en avait pas fini.

– Depuis hier soir… Vous vous connaissez depuis hier soir, et vous êtes déjà en réunion avec monsieur Tovaritch, dans son bureau. Vous êtes rapide en affaires, Laffargue.

Tovaritch intervint avec une autorité qui surprit Vincent.

– Messieurs, ça suffit. Exposez-moi rapidement le motif de votre visite et ensuite je vous prierai de quitter les lieux.

L'officier se raidit.

– Bien. Vous êtes convoqué demain à 8 heures à la gendarmerie.

– Puis-je savoir pour quel motif?

– La présence de Laffargue ici m'autorise à penser que je n'ai pas besoin de vous préciser le motif.

– C'est donc en rapport avec le meurtre de Saakachvili.

– Meurtre? Tiens donc… Nous cherchons à établir les causes et les circonstances de sa mort, et il semble que vous ayez déjà une idée précise sur ces points. Je crois que votre témoignage va nous être précieux.

Tovaritch évita adroitement de répondre. Sans un regard pour les gendarmes, il s'adressa à son secrétaire.

– Youri, raccompagne ces messieurs, s'il te plaît, veille à ce qu'ils ne s'égarent pas.

Vincent et Tovaritch restèrent seuls, à se regarder silencieusement. Tovaritch tapotait son cigare, absent.

– Qu'est-ce qu'ils ont derrière la tête ? J'espère qu'ils ne vont pas s'imaginer que c'est moi qui ai tué Giorgi ?

– Jusqu'à maintenant, c'était moi qu'ils soupçonnaient. Ça change !

– Comme vous dites en France : les mouches ont changé d'âne. Vincent, j'adore les expressions de chez vous, mais je ne connais pas grand-chose au droit français. D'après vous, que dois-je faire ?

– Vous rendre à la convocation et dire ce que vous savez.

– C'est-à-dire pas grand-chose. Peuvent-ils me retenir ?

– Vingt-quatre heures. Éventuellement quarante-huit, avec l'accord d'un magistrat.

– Vous viendrez avec moi.

– Ce n'est pas une bonne idée. Si je vous soutiens ouvertement dans cette péripétie, ils vont en conclure que nous sommes de mèche. Je resterai dans les parages. S'ils vous placent en garde à vue, vous demandez que je sois averti, c'est un droit. À ce moment-là, je prendrai des dispositions. J'avertirai votre avocat et, avec Youri, on vous fera porter quelques effets personnels. Ne vous inquiétez pas. Les gendarmes sont honnêtes et scrupuleux, même si parfois ils manquent de… légèreté.

Tovaritch invita Vincent à aller se dégourdir les jambes dans le jardin. En passant devant un serveur, il confisqua à la volée une bouteille de champagne et deux coupes, et ils entreprirent une lente déambulation dans la végétation judicieusement agencée du jardin.

UNE PROPOSITION

– Vous faites quoi dans la vie, Vincent ?
– Fonctionnaire. Au ministère de l'Intérieur.
– Je vois. Et ça vous plaît ?
– Moyennement.
– Vous voyez, Vincent, Giorgi avait des qualités : travailleur, sympathique, d'un contact facile... Mais, comme vous le savez, il avait aussi de nombreux défauts. En plus de cela, pour le travail que j'attendais de lui, il présentait quelques handicaps : il maîtrisait mal les subtilités de la langue française et avait un accent à coucher dehors, comme vous dites, ici – c'est d'ailleurs assez curieux, cette expression, faut-il avoir un accent convenable pour disposer d'un toit ? Bref, je m'égare. Ses manières étaient également un peu... rustiques. Mais surtout, il n'était pas d'ici. Or, pour discuter avec les héritiers d'un gemmeur afin d'acheter un hectare de pins couchés par la tempête, il faut absolument être du coin, d'abord pour savoir qui est vendeur, et quand. Et il n'y a qu'une façon d'obtenir ces informations avant tout le monde : le bouche-à-oreille. Ensuite, il faut étudier l'environnement, se renseigner sur les personnes, leurs relations, chercher un angle d'attaque, trouver le maillon familial faible qui va pousser à la vente, vous comprenez ? Moi, j'ai tardé à le comprendre. Et c'est sur ce point que la SIBA est nettement plus forte que moi. Lartigue est arcachonnais, il connaît tout le monde, les forêts exploitées ou laissées à l'abandon, les propriétaires qui meurent, les divorces, les mariages... Et c'est

comme ça qu'il m'a soufflé quelques belles affaires. Bon, il a aussi tendance à arroser, c'est le jeu. Mais de là à acheter Giorgi…, il n'a pas manqué d'air.

– Lartigue aurait acheté Giorgi ?

– J'ai eu un doute, puis presque un début de preuve. Dans sa descente aux enfers, Giorgi a rencontré Dumas, le neveu. Je ne sais pas exactement ce qu'il s'est passé entre eux. Je suppose que Giorgi était aux abois et qu'il a demandé de l'aide à Dumas. Lui a-t-il épongé quelques dettes de jeu ou de produits stupéfiants ? Ce Dumas, avec son air de ne pas y toucher, me semble être un dévoyé. Je me demande si ce n'est pas lui qui a embarqué Giorgi dans toutes ces affaires. Il ne vaut pas cher, ce gars, avec son joli minois et son statut d'orphelin qui fait pleurer dans les chaumières.

Vincent se demandait où Tovaritch voulait en venir. Comme s'il lisait dans ses pensées, celui-ci déclara :

– Voilà, Vincent. Vous travaillez à Bordeaux, j'imagine. Je vous propose de venir à Arcachon. Vous remplaceriez Giorgi. Je multiplie votre salaire par deux, je vous propose 1 % sur les transactions, un appartement de fonction, un véhicule et un défraiement sur justificatifs. Qu'en pensez-vous ?

Il était impossible à Vincent de donner immédiatement une réponse négative sans risquer d'offenser Tovaritch.

– Je vous remercie de la proposition. Il faut que j'en parle à ma femme.

– Prenez votre temps. Donnez la réponse à Youri, il s'occupera des formalités et de la paperasse.

Vincent avait la tête qui tournait. Le champagne n'était certainement pas étranger à son vertige, mais il lui semblait que les choses se télescopaient dangereusement et de façon peu rationnelle dans son esprit. Du statut de simple témoin signalant un cadavre aux autorités, il était devenu suspect. Ensuite, de ce cadavre passablement putréfié, on lui proposait de reprendre l'activité professionnelle. Dans quel but? Était-ce parce que Vincent avait confié qu'il travaillait à l'Intérieur?

Le marin sportif et volontiers ascétique qui dormait dans le duvet de la bannette étroite de son voilier se baladait, une bouteille de champagne à la main, dans les allées d'un jardin de milliardaire, à la recherche d'un serveur disposé à le réapprovisionner en toasts au foie gras ou au caviar.

Il était fatigué et il lui tardait de rentrer au port, sur son bateau. Il rêvait de s'allonger seul dans sa couchette, bien couvert, avec son bouquin pour seule compagnie. Les divers petits bruits mystérieux qui faisaient partie de la vie sur une embarcation finiraient par l'endormir paisiblement.

Vincent retrouva Jean, qui avait changé de cavalière. Cette fois, il tentait sa chance avec une rousse souriante, qui avait dû passer des années à regarder le soleil à travers une passoire pour réussir à se confectionner autant de pigasses.

– Jean ! Si tu veux bien... On y va. Youri a mis à notre disposition la voiture pour qu'il nous ramène à Bélisaire.

– Tu ne veux pas qu'on reste un peu ?

– Moi non, je suis cuit, fatigué. Je veux rentrer. Mais t'es pas obligé de me suivre, je peux rentrer tout seul.

Le seul fait de quitter le minibus luxueux, de sentir le vent frais et l'odeur mêlée d'huile et d'essence qui émanait de la pinasse du batelier remit Vincent sur pied. Il largua lui-même l'amarre droite, déborda l'embarcation sous l'œil attentif du batelier, qui attendait un signe pour embrayer l'hélice.

– C'est parti, Roger. Et n'oublie pas que tu as des personnalités de premier ordre à bord !

– Punaise, elles m'ont l'air un peu fripé, les personnalités...

Il rejoignit *Méa*, où il avait laissé son téléphone mobile. Quelqu'un avait coincé un mot entre la porte du bateau et le capot coulissant.

Y a du nouveau, contacte-moi d'urgence.
Ton ami Dédé.

Il soupira. « Ton ami Dédé ». Mais qu'est-ce qu'il avait bien pu faire au bon Dieu pour être ami avec ce zigue ? Il n'avait aucune envie de finir sa journée en continuant à s'escrimer avec cette affaire de cadavre qui l'éclaboussait de plus en plus, à lui coller aux doigts.

– Et puis zut ! Tovaritch, Dédé, Giorgi, les pandores... Je ne leur ai rien fait à tous, qu'ils me foutent la paix. Le commissaire Laffargue, il est à Bordeaux ! Et Vincent aimerait bien profiter de ses vacances à Arcachon, c'est pas difficile à comprendre, merde ! Je vais me faire un café de cow-boy, et aller me coucher ; j'ai presque l'impression d'avoir trop tisané. Les Russes sont décidément redoutables... Napoléon et le IIIe Reich ont été défaits lors des campagnes de Russie, sous les tirs de l'artillerie, et moi je vais capituler en rase campagne devant le Cap Ferret, sous le pilonnage de Roederer, Veuve Clicquot et autres Mumm... Des gros calibres, il est vrai.

Il se coucha sans dîner pour ne se réveiller que le lendemain, vers 9 heures. Il avait l'impression de traîner l'haleine d'un légionnaire de retour de permission. Il se sentait de mauvaise humeur, et s'en voulait de devoir endurer un tel état vaseux toute la journée. Il décida d'aller se punir sous une douche en se promettant de supprimer progressivement l'eau chaude. En route vers les sanitaires, il vit Jean à la capitainerie, totalement amorphe, l'œil rivé sur l'écran de son mobile.

– Tu prends des nouvelles de tes conquêtes ?

– Tu parles… j'ai pris un râteau monumental. Et en plus j'ai un sacré mal de tronche.

– Ça, c'est les rousses… Moi, elles m'ont toujours fait tourner la tête. Au point de donner la migraine.

– C'est vrai ?

– C'est connu. Tu peux vérifier sur internet. On dit aussi que lorsque la colère gronde, la rousse pète.

Vincent attendait un éventuel appel de Tovaritch, ou du moins un appel des gendarmes indiquant que Tovaritch était en garde à vue, mais cet appel ne venait pas. Ce qui, finalement, était plutôt bon signe.

Il n'eut pas besoin de téléphoner à Dédé. Au retour de sa douche, il le trouva installé dans son cockpit.

– Ben alors, Dédé, qu'est-ce qui urge autant ? On va à la pêche ?

– T'aurais pu me rappeler, quand même.

– Tu vas me faire une scène de ménage ? Rentre, je vais faire du café.

– T'étais où, hier ?

– J'étais où ? T'en as de bonnes, toi ! J'étais en train de consoler une honnête femme délaissée par son ignoble mari.

– Et qui c'est, celle-là ?

– Simone.

– T'es vraiment un con, mon pauvre Vincent.

– Alors, qu'est-ce qu'il me veut, le cheminot andropausé ?

– C'est au sujet de la fille de René.

– Content d'apprendre que le René a une fille. Elle est normale, au moins ?

– Arrête, Vincent !

– Non, mais je dis ça comme ça. Quand tu vois la tronche à René, tu t'inquiètes, non ?

– Bref, sa fille travaille à la SIBA.

– Mais accouche, Dédé, accouche ! Combien de sucres ?

– Elle est comptable. Il y a huit jours, elle a vu débarquer un gars à l'accent étranger, très nerveux. Mais ce n'était pas la première fois qu'elle le voyait. Il a demandé à la secrétaire à voir Lartigue immédiatement, avant d'entrer dans son bureau sans même attendre. Les deux femmes ont entendu des éclats de voix, ce qui n'est pas dans les habitudes de la maison. Puis Lartigue criait : « Dehors ! Je ne veux plus vous voir, c'est terminé. » Lorsque Lartigue a ouvert la porte de son bureau pour chasser l'inconnu, l'homme le tenait au col, le soulevant du sol en répétant : « Ça, vous me le paierez ! » Lartigue aurait répondu : « Je n'ai jamais eu peur ni des traîtres ni des voyous, et c'est pas à mon âge que je vais commencer. » L'homme a quitté les lieux, mais le vieux Lartigue était très secoué. Il saignait du nez et avait une pommette tuméfiée. « C'est qu'il m'aurait tué, ce con », qu'il a dit. Et, là-dessus, Lartigue a fait une maladie à cause des vagues.

– À cause des vagues ?

– Oui, la secrétaire a appelé Jacques Dumas, le neveu. Ils ont fait venir un médecin. Malaise de vagues, qu'il a dit, le toubib.

– Ah, malaise vagal !

– Oui, c'est ce que je viens de dire. Mais lorsque Lartigue a dit à son neveu : « Il faut le calmer, ce gars », Dumas a répondu : « T'inquiète pas, tonton, il va le payer. »

– Et ce bonhomme, c'était qui ?

– La secrétaire l'a reconnu comme étant « le Géorgien ».

Vincent ne commenta pas. Il réfléchissait.

– Qu'est-ce que tu en penses, Dédé ?

– Pour moi, c'est simple : y a un problème entre eux.

– Dédé, permets-moi de saluer ta perspicacité. Tes fulgurances confinent au génie ! « Y a un problème entre eux. » Ils s'insultent, ils se foutent sur la gueule et pour Dédé, « y a un problème entre eux ». Ah, mon Dédé ! Avec un flair pareil, t'aurais dû faire chien pisteur dans la police. On t'aurait filé le slip de Madonna et je suis sûr que tu l'aurais retrouvée.

– Tu te fous de ma gueule ?

– Non, Dédé, c'est les nerfs. Les nerfs et le champagne.

– Tu vas pas me dire que t'as été chez le Russe hier ? avec tous les rupins du Bassin et les *pipoles* de Bordeaux ?

– Si, si, mon vieux Dédé. Même que ça a tourné à l'orgie. J'ai décidé de prendre l'accent pointu, et de ne plus jamais monter sur une pinasse poussive conduite par un ahuri cacochyme.

– Vincent, tu déconnes. En ce moment, tu files du mauvais coton.

– C'est à cause de mes fréquentations. Non, je déconne. T'as raison, il s'est certainement passé un truc. Tu veux une madeleine ?

– Tu n'y crois pas ? Moi si. Tu devrais aller le dire aux gendarmes.

– C'est ça. Je vais aller voir les gendarmes ! Bonjour, monsieur le pandore, c'est encore moi… juste un truc à vous raconter. À moins que vous ayez une place pour la nuit. Pourquoi tu n'irais pas, toi, chez les gendarmes, puisque c'est toi qui as le tuyau ?

– Parce que t'es commissaire, et que tu sais parler, toi.

– Laisse tomber, Dédé. Tu sais rien, t'as rien entendu, t'as rien vu. La fille de René raconte des conneries. Et moi, dès que je peux, je me tire de ce guêpier. Je franchis les passes, je tourne à droite et zou… direction l'estuaire de la Gironde. Je vais regarder l'horizon, j'irai me moucher dans les étoiles, je pisserai par-dessus bord en écoutant Wagner sous pilote automatique.

– T'as pris cher hier… T'es sûr que t'es resté au champagne ?

– J'ai mal au cigare.

– Et tu serais assez dégueulasse pour me laisser croupir dans cette embrouille ? Ça te fait rien que Dédé finisse au placard ? Tu t'en fous, t'as pas de cœur…

– Arrête, Dédé, tu vas faire pleurer les mouettes. On sort aujourd'hui ?

– Je pensais aller taquiner la loubine, à la Pointe devant Chez Hortense.

– Et la marée ?

– Pleine dans deux heures.

– Je passe un coup de fil et je te dis si c'est possible.

Vincent appela Tovaritch, qui répondit immédiatement.

– Je suis en audition libre, confia-t-il. Je sais que ça peut prendre du temps, mais ils ne vont pas me garder. Ils sont courtois ; curieux, mais courtois. Je vous donne quartier libre, Vincent. Youri m'attend à l'accueil. S'il y a du nouveau, je vous appelle.

Vincent raccrocha et déclara :

– C'est d'accord, Dédé, va faire chauffer ton tracassin, j'arrive.

UN PETIT COUP DE PÊCHE

Marie-Thérèse mit le cap à l'ouest, sud-ouest, remontant péniblement le courant de marée qui faiblissait pour prendre la direction du phare du Cap Ferret. Pendant que Dédé barrait, Vincent préparait les leurres et tout le petit matériel nécessaire à la pêche au bar. Il fallait être très prudent, car Dédé était terriblement désordonné et il était difficile de mettre la main dans la boîte à pêche sans se planter un hameçon rouillé dans un doigt.

Lorsque Dédé coupa le vieux moteur qui tournait paisiblement, ils redécouvrirent religieusement le silence de la mer, et leurs conversations redevinrent ce qu'ils aimaient qu'elles soient :

– Lâche plus de fil, Vincent, t'es pas au fond.

– Mon moulinet a tendance à coincer.

– Je t'ai déjà dit de l'huiler.

Travers au vent et au clapot, *Marie-Thérèse* se mit à rouler bord sur bord, comme à son habitude. Dédé et Vincent multipliaient les coups de lancer, en veillant à ne pas croiser les fils. Lorsque *Marie-Thérèse* s'approchait trop des rouleaux, il fallait rapidement rentrer les lignes, remettre le moteur en marche pour remonter le courant en vue d'une nouvelle descente.

À ce jeu, Dédé finit par capturer deux beaux bars, alors que la chance tournait le dos à Vincent.

Le retour fut fastidieux ; la puissance de *Marie-Thérèse* était nettement trop faible pour remonter le courant descendant. Alors, Dédé choisit de quitter le chenal et d'aller vers les hauts-fonds, rasant le Pyla, se glissant entre le banc de Bernet et celui du Moulleau, à la recherche de courants plus faibles. Vincent, habitué à devoir garder de l'eau sous la quille de son voilier au tirant d'eau important, frémissait de voir le fond sablonneux si proche, mais Dédé semblait serein.

Il ne restait plus à Vincent qu'à admirer le paysage qui défilait lentement, les villas cossues du Pyla alignées derrière une jetée de béton hérissée d'épis rocheux protégeant leurs jardins de l'érosion, la jolie plage de sable de Pereire puis, enfin, la jetée de la Chapelle.

Les plates des ostréiculteurs croisaient *Marie-Thérèse* à pleine vitesse, levant un clapot désagréable qui faisait tanguer la vieille pinasse.

Comme d'habitude, Dédé réalisa un accostage impeccable, et Vincent n'eut aucun mal à passer les amarres.

En rangeant sommairement la cabine de *Marie-Thérèse*, Dédé découvrit un billet de vingt euros que Vincent avait glissé discrètement dans le tiroir de la cuisine.

– Qu'est-ce que c'est encore que ça ? s'emporta-t-il en jetant le billet sur le plancher. Je n'ai pas besoin de ton argent !

– Ça tombe bien, c'est pas pour toi. C'est pour *Marie-Thérèse*. Elle ne marche pas à l'eau de mer, ta barcasse, que je sache ?

– Merci pour elle, mais t'aurais pas dû. Et pour ta gouverne, sache que *Marie-Thérèse* n'est pas une barcasse, Monsieur. C'est une vieille dame. À part ça, qu'est-ce que tu fais, demain ?

– Je comptais partir, mais les heures de marée ne sont pas bonnes pour franchir les passes et ils annoncent du vent du nord, droit dans le pif, alors, je vais attendre encore un peu.

– Parfait. J’ai oublié de te dire. On est invités chez Bob à Piraillan.

– Il est gentil, Bob, mais il est dangereux, tu le sais. On va encore manger liquide, chez lui.

LES AMIS DE PIRAILLAN

Bob était un vieil ostréiculteur du village de Piraillan. Il connaissait beaucoup de monde et avait table ouverte.

– Y a pas de contrôles d'alcoolémie sur le Bassin, et de toute façon, *Marie-Thérèse* connaît la route, fit Dédé.

– Qu'est-ce qu'on apporte ?

– Moi l'entrecôte, et toi le pinard. À moins que tu veuilles lui faire une farce…

– T'as raison, je vais lui porter une douzaine d'huîtres de Méditerranée, des belons… On est les seuls invités ?

– Non, il y a ses copains de Bordeaux. Un peintre, un négociant en vins, un chirurgien, un chômeur et un magistrat.

– Que des gars ?

– Ben, oui. C'est un peu l'ambiance, chez Bob.

– Et qu'est-ce qu'ils ont en commun, ces gars ?

– Ce sont tous des républicains, ils connaissent Bob et ils aiment la vie.

– Je vois le genre… des républicains hydrophobes, de ceux qui considèrent que l'eau ne sert qu'à faire flotter les bateaux, que son ingestion peut provoquer des troubles gastriques, un début d'étouffement, voire la noyade.

– C'est un peu ça. En moins médical, plus poétique…

Vincent aimait Piraillan, l'un de ces petits villages ostréicoles de la Côte Noroît. Abritées du vent mauvais, les maisonnettes en bois de ces villages se serraient les unes contre les autres. On y circulait par des chemins de terre ou de sable qui serpentaient et sur lesquels deux brouettes ne pouvaient pas toujours se croiser.

Les habitations se confondaient avec les cabanes de travail, où on détroquait les huîtres. Les portes et fenêtres étant toujours ouvertes, on se parlait d'une maison à l'autre et, à la belle saison, on partageait même les odeurs de cuisine.

De ces baraques, la vue sur le Bassin était époustouflante. L'eau était constellée de bouées de corps-morts auxquels on amarrait les bateaux de travail et quelques rares embarcations de plaisance privilégiées. Car il fallait être coopté pour pouvoir séjourner dans ces villages.

Jusqu'à la fin des années 1980, les seuls étrangers fréquentant les lieux étaient apparentés à des ostréiculteurs. Ou bien étaient leurs amis proches. On vivait en vase clos, à l'abri des regards et des tendances, avec ses propres habitudes et ses codes.

La vie y était simple, presque austère, c'était le rude sort des paysans de la mer, qui passaient le plus clair de leur temps dans l'eau froide jusqu'aux cuisses, à charrier les poches d'huîtres à la fourche. Ils étaient perclus de rhumatismes et, avec l'âge, marchaient avec difficulté. Leurs mains déformées et gonflées étaient couvertes de cicatrices, mais ces hommes étaient farouchement attachés à leur Bassin et il leur était impossible d'imaginer une autre vie, quelle que soit la difficulté de leur métier.

Les cabanes, construites de bois et de matériaux de récupération, ne servaient initialement que d'ateliers, dont le but était de rapprocher l'ostréiculteur de ses stocks d'huîtres, de ses parcs, de son bateau, et de lui fournir un abri en attendant la marée. Puis on se mit à y prendre les repas, à y faire la sieste et à y passer quelques nuits lorsque la marée n'était qu'au petit matin.

Au fil des ans, on multiplia les éléments de confort, pour en faire de vraies maisonnettes constituant une sorte de petit village gaulois. Ces habitations, souvent pauvres et spartiates, n'intéressaient pas encore les estivants, qui leur préféraient les villas cossues. Construites sur le domaine public maritime, elles étaient réservées aux professionnels de l'ostréiculture et de la pêche, et on obtenait aisément ce qu'on appelait « l'autorisation d'occupation temporaire du domaine public maritime ».

Par le fait des décès et des mariages, certaines familles possédaient plusieurs cabanes. Cela allait de la plus isolée sur l'île aux Oiseaux à la plus champêtre sur les rives de l'Eyre, au fond du Bassin, vers Audenge ou Biganos.

À la mort d'un ostréiculteur titulaire d'une autorisation, l'administration reconduisait le droit d'occupation, alors même que les héritiers et autres ayants droit n'exerçaient pas une profession en rapport avec l'ostréiculture. C'est ainsi qu'année après année, au fil des mutations et de l'hérédité, de plus en plus de ces baraques devinrent tout à fait légalement des lieux de villégiature très prisés. L'argent entra enfin dans la danse, corrompant l'usage et la tradition.

Certains se sont mis à vendre ces constructions alors qu'ils n'étaient titulaires que d'un droit d'occupation. D'autres les ont louées. Les modestes maisonnettes se sont métamorphosées en résidences luxueuses, avec ponton privé et terrasse sur la mer. Les villages pauvres et rustiques perdirent peu à peu leur âme ; les transactions illégales ont empuanti l'atmosphère, jusqu'à créer des dissensions entre les ostréiculteurs eux-mêmes.

L'État, fatigué des difficultés de gestion du domaine public maritime et des multiples contentieux, se dégagea en abandonnant avec soulagement la maîtrise du domaine public aux mairies.

Aujourd'hui, il ne se passe pas un été sans que quelques vedettes de la télévision ou du cinéma ne se fassent photographier dans les villages de Piraillan, de l'Herbe ou du

Canon, arborant une vieille marinière délavée ouverte sur un pull marin, sans oublier les bottes de caoutchouc. Invariablement, cette star racontait qu'elle venait là chaque année depuis des décennies, qu'un parent éloigné et disparu était ostréiculteur, qu'elle n'hésitait pas à faire la marée et à barrer elle-même sa pinasse. Or personne n'avait jamais vu cette jolie personne auparavant…

Dédé avait ses repères en mer pour atterrir devant chez Bob.

– C'est deux maisons à droite de la cabane bleue, tu vois ? Il m'a dit de prendre une bouée blanche marquée R.T. Il y a amarré sa périssoire pour qu'on puisse rejoindre le bord.

– Droit devant, à cinquante mètres, ralentis !

À l'étrave, Vincent gaffa promptement un orin du corps-mort qui flottait à la surface. Il le tourna au bitard de *Marie-Thérèse* et Dédé coupa le moteur. La pinasse s'aligna gentiment, en faisant tête au courant.

Le passage de *Marie-Thérèse* à la périssoire était nettement plus acrobatique. Chaque bateau avait sa façon d'osciller, de rouler, et les hauteurs de francs-bords n'étaient pas identiques. Dédé s'installa dans l'esquif remuant, puis Vincent lui passa prudemment les paquets avant de monter à son tour dans la barcasse.

Bob les attendait debout sur la plage, les bras croisés, cigarette aux lèvres sous sa grosse moustache jaunie, le béret vissé sur les oreilles.

Au second plan, cinq joyeux drilles, verre à la main, commentaient la façon de Vincent de ramer, l'un pariant qu'il allait débarquer les fesses trempées, l'autre assurant qu'il les aurait sèches. Ils se moquaient de la dégaine de Dédé, qui, sérieux comme un pape et droit comme un officier de la marine anglaise rejoignant sa canonnière, tenait dans chacune de ses mains un magnum de Marbuzet, les chaussures pendues autour du cou par leurs lacets réunis, les jambes de pantalon remontées sur les mollets. La facilité avec laquelle les convives riaient laissait augurer une bonne ambiance, mais indiquait aussi qu'ils avaient pris de l'avance sur l'horaire. Vincent et Dédé sauvèrent leur dignité en débarquant proprement, sans même se mouiller les pieds.

Curieusement, Bob avait baptisé sa périssoire *la Salope*. Vincent lui demanda d'expliquer ce nom de baptême peu amène pour une servitude.

– Bah ! Elle est là, à disposition de tous. Tout le monde lui monte dessus, sans précaution, sans rien demander, sans la remercier. Elle ne reçoit jamais de cadeau, même pas un coup de peinture… Dans la Royale on les appelle les « Marie-salope ».

– Ça se tient.

Le magistrat avait retroussé son pantalon, laissant apparaître des tibias blafards et ridiculement maigres. Un verre de blanc à la main, il marchait lentement dans l'eau, scrutant le fond de sable sans que l'on comprenne pourquoi. Et, bien sûr, il s'attirait les quolibets.

– Tu cherches ta vertu ou tes illusions ?

– Lâche-toi, fais comme Moïse, marche sur l'eau, couillon, tu vas te mouiller la biroute !

– Après le sous-préfet au champ, voilà le juge à la plage. Attrapez-lui un canard gonflable ! Et quand tu penses qu'un gonze pareil est capable d'envoyer un pauvre bougre au placard pendant vingt ans, tu t'inquiètes…

Bob se régalait d'oublier pour une après-midi ses huîtres et ses bottes pour se retrouver avec ses copains gouailleurs, toujours prêts à refaire le monde.

Ils allaient déjeuner dans l'atelier dont la façade vitrée donnait directement sur la mer. Ils seraient à l'abri du vent et aux premières loges pour le spectacle. Les huîtres étaient ouvertes dans des plats alignés sur la longue table, parmi les citrons et les bouteilles de vin blanc. Le barbecue garni de sarments attendait de recevoir les entrecôtes et les échalotes.

– T'as encore bien fait les choses, Bob.

– M'en parle pas. J'ai de plus en plus de mal à me procurer les sarments. Les vignerons n'ont plus le droit de nous en donner parce qu'il paraît qu'ils contiennent des pesticides et qu'ils sont toxiques lorsqu'on les brûle. Eux-mêmes n'ont plus le droit de les cramer parce que ça balance des particules fines dans l'atmosphère. Tu le crois ? Y a aussi des crépinettes et des chipolatas, mais je les ai laissées au chaud. Bon, faut attaquer…

– Donne-moi un coup de sulfite, s'il te plaît.

– De quoi ?

– Du sulfite… Du vin blanc. Tu ne savais pas que ça contenait des sulfites ?

– Non, je croyais que c'était du raisin fermenté.

– Pas que. D'ailleurs, je suis sûr que tu n'as aucune conscience de la souffrance animale. À te voir ouvrir les huîtres sans complexe ni remords, à les aspirer et les mâcher comme ça…

Dédé s'en mêla :

– Eh bé ! Vincent, tu tournes comme les gonzes de la télé ou quoi ?

– Bob, j'appartiens à mon époque, moi. Je sens monter en moi une conscience écologiste. Je me suis récemment découvert une allergie au gluten et je m'inquiète de l'empreinte carbone de mon existence sur la planète. Dédé, est-ce que tu as déjà pensé à la souffrance des spaghettis lorsque tu les plonges brutalement dans l'eau bouillante ?

– T'es barré ou tu le fais exprès ?

La conversation roulait, lorsque l'un des comparses remarqua que le chirurgien restait muet, le visage fermé.

– Qu'est-ce qu'il y a qui va pas ?

– Rien, je suis fatigué…

– Mais encore ?

– Rien.

– T'as loupé un client ? Tu l'as trépané au lieu de lui enlever un cor au pied ?

– Foutez-moi la paix… J'ai aligné les heures de bloc opératoire, et d'être là avec vous, à déconner, sans aucune intervention à préparer, sans tension, je m'effondre, je suis comme une loque.

Bob changea de sujet de conversation.

– Alors, ces huîtres, comment sont-elles ? Je les fais pousser au banc d'Arguin.

– Elles ont goût d'huître.

– C'est bien la peine de s'emmerder à aller faire de l'huître au fin fond, à plus d'une heure de là, pour entendre ça ! Et quand vous savez qu'en plus nos huîtres d'Arguin ont été interdites à la vente pendant plusieurs semaines à cause d'une algue toxique qu'il n'y a que là-bas… T'as envie de laisser tomber. Et au fait, les gars, vous avez vu qu'on a trouvé un cadavre dans le Bassin ?

Dédé trouva opportun de préciser avec fierté.

– Bien sûr qu'on est au courant ! Même que c'est Vincent et moi qu'on l'a repêché.

Le magistrat intervint.

– J'en ai entendu parler au palais ! Vincent a encore voulu se distinguer, faire le zèbre et… il va se faire sonner les cloches à la rentrée…

Même s'il avait dit ça sur le ton de la plaisanterie, Vincent s'emporta.

– Vous allez arrêter de m'emmerder avec ce cadavre, oui ? J'y suis pour rien, moi, dans cette affaire, et je ne suis pas venu ici pour ça, aujourd'hui !

Le négociant en vins s'en mêla :

– Avoue quand même que tu les cherches. Moi, il ne m'arrive jamais de tomber sur un cadavre. Que ce soit sur le Bassin, dans la rue ou ailleurs. Il n'y a qu'à toi que ça arrive, ce genre de chose.

– Pas étonnant ! Même à la morgue, tu ne trouverais pas un macchabée, pinardier à la gomme. Et quand on vend un picrate frelaté qui foutrait la chiasse à Frankenstein, on ne la ramène pas.

Ils continuèrent sur le même mode jusqu'à 17h30. Vincent donna le signal.

– Dédé, faut qu'on y aille, on n'est pas d'ici.

Mais Dédé avait l'air anesthésié, d'être ailleurs et plus probablement nulle part. Alors, Vincent insista.

– Dédé, on est partis.

Ils rejoignirent dignement et sans encombre *Marie-Thérèse* avec la périssoire de Bob. Vincent avait mis la « salope » à l'eau bien en amont de *Marie-Thérèse*, et le fort courant les porta pile sur la pinasse. Mais lorsque Dédé voulut lancer le moteur de *Marie-Thérèse*, celui-ci émit un clic incongru, suivi d'un soupir de mauvais aloi. Le vieux moteur refusait catégoriquement de démarrer.

– Merde alors ! s'étonna Dédé, c'est encore cette foutue dynastar. Ce coup-ci, elle m'a vidé la batterie.

Il s'ensuivit un retour à terre sur la barque de Bob.

– On fait quoi ?

– Bé… faudrait regonfler la batterie. Ça va prendre des heures.

Bob donna son avis.

– Douze heures, pas moins. Elle est tombée bien bas, et j'en ai pas de rechange. Alors, soit Simone vient vous chercher en voiture, soit vous pieutez ici.

– On ne va pas faire faire le tour du Bassin en voiture à Simone. Elle a déjà du mal à aller au supermarché toute seule sans renverser quelqu'un.

– Ben alors, vous restez là. On va charger ta batterie, je vais ouvrir la cabane du drôle, ça ne lui fera pas de mal. Depuis qu'il est dans l'informatique à Bordeaux, il ne vient plus. Le week-end, il fait du jogging, tu le crois, ça ?

– J'avertis Simone, mais je vais me faire enguirlander. Elle va croire que je suis tombé dans un traquenard.

– Heureusement qu'à midi on n'a pas tout bu, on a encore quelques munitions.

Pendant que Dédé préparait la charge de la batterie de *Marie-Thérèse*, Vincent partit marcher pieds nus le long de la plage. Le silence n'était troublé que par le minuscule ressac, et il pouvait entendre ses pas et sa respiration. Une paix profonde l'envahit et il en venait à se demander s'il n'allait pas passer sa retraite ici, au rythme des marées, la météo en guise d'informations télévisées et *Méa* tirant sur ses amarres. Il pourrait écouter de la musique, pêcher, dessiner, peindre. Qu'en penserait Sylvie ?

L'océan sauvage était à dix minutes ; il pourrait aller faire du surf, du char à voile, courir le long de la plage. À la saison, pêcher en surfcasting, puis aller aux champignons, et même à la chasse. La frange littorale était infestée de lapins et les sangliers labouraient les sous-bois… Saakachvili, Tovaritch, les gendarmes et les autres n'étaient pas du même monde. Ils ne vivaient pas sur la même planète.

Le problème de Vincent lorsqu'il avait un peu bu, c'était qu'il remettait tout en question, et que cela le rendait maussade.

De chemin en chemin, passant par le village du Canon, puis celui de l'Herbe, il arriva en vue du quartier de la Villa algérienne. Il était plus que temps de revenir, et il n'arriva à la cabane de Bob qu'à la nuit tombée.

Il était fourbu, avait très mal aux pieds mais se sentait nettement mieux.

Dédé et Bob étaient en train de se disputer au sujet de la batterie de *Marie-Thérèse*, un verre de blanc à la main. Pour l'un, elle était morte. Pour l'autre, elle était juste un peu souffreteuse. Quatre des cinq Bordelais étaient repartis. Le cinquième avait renoncé à prendre la route, se remettant de cette journée difficile dans la couchette de Bob. Le malheureux ronflait, et il avait fallu le couvrir pour qu'il ne prenne pas froid. Avant de quitter Piraillan, le chirurgien, appelé à son chevet, avait délivré son diagnostic.

– C'est rien, il a pris un coup de pied de barrique.

Ils dînèrent légèrement, et Vincent rejoignit Dédé dans la cabane du fils de Bob.

Elle était rudimentaire. Son aménagement se limitait à un point d'eau, une lampe à gaz et un réchaud. La lampe chuintait et sifflait, envoyant une violente lumière blanche et une odeur rappelant à Vincent ses années de camping.

En fouillant, il découvrit un poste de radio qui fonctionnait sur piles, et comme il n'avait pas de quoi lire il l'alluma. Réglée sur une fréquence nationale, il entendit quelques informations. La hausse du chômage, le réchauffement climatique, un attentat à la bombe dans un pays lointain, quelques passes d'arme entre hommes politiques. Il éteignit l'appareil, essaya d'oublier les ronflements de Dédé et s'endormit à son tour.

DISPARITION INQUIÉTANTE

Le lendemain, *Marie-Thérèse* démarra du premier coup.

– Quand je te dis que c'est une vraie montre !

– Vas-y, l'horloger, je largue l'amarre de devant.

Marie-Thérèse s'éloigna lentement pendant que, depuis son atelier, Bob faisait de grands signes du bras.

– À nous la civilisation ! lança bêtement Dédé.

– À nous les emmerdes, tu veux dire.

– Et pourquoi ?

– Parce que tu crois qu'on t'a oublié, toi et ton cadavre ? Les pandores, Tovaritch, Lartigue, et j'en passe ? Je serai toujours là pour te rappeler, Dédé, que c'était ton idée de remonter ce fichu macchabée.

Une fois *Marie-Thérèse* soigneusement amarrée au port d'Arcachon, Dédé proposa :

– Faut que je voie René, il a un copain qui refait les dynastars. Viens avec moi au *Bar du Marché*, on en profitera pour manger un truc.

Vincent regarda sa montre, haussa les épaules et grogna avec fatalisme :

– Si tu veux, mais on fait pas d'excès.

– Un bar au sel et quelques patates…, c'est tout.

– C'est ça, on boit rien, je vais te croire.

Assis devant son pastis, René faisait une tête d'enterrement, mais son visage s'illumina à la vue de Vincent et Dédé.

– Les gars, faut que je vous dise. Là, il y a du suif, et si c'est pas le bordel c'est bien imité.

Vincent craignait le pire.

– Je crois que dans cinq minutes on va regretter d'être revenus sur terre. On était bien, à Piraillan…

– Tiens-toi bien.

– On t'écoute.

– Dumas, le neveu de Lartigue…

– Accouche !

– Il a disparu depuis quarante-huit heures. Volatilisé avec sa voiture. C'est ma fille qui m'a appris la chose. Et ça commence à faire du bruit. Il est sorti avant-hier soir et n'est jamais rentré chez lui. Lartigue est comme fou. Les gendarmes ont fouillé le bureau de Dumas. Ils n'ont rien trouvé. Et vous deux, durant ces deux derniers jours, vous étiez où ?

– Elle est bien bonne, celle-là… On était où ? Qu'est-ce qu'on faisait ? Ben, devine, René, devine ! On était en train de noyer Dumas quelque part sur le Bassin, pauvre couillon ! Tu vois, René, quand on ne sait pas quoi faire avec Dédé, on noie des mecs. Tu devrais même aller le dire aux gendarmes, espèce d'imbécile heureux. Et, puisque t'es si bien renseigné, qu'est-ce que tu sais, toi, sur la disparition de Dumas ?

– Rien. Si ce n'est que son oncle est fou d'inquiétude et que les gendarmes pataugent.

– Eh bien, Dédé et moi, on va manger quelque chose. Qu'est-ce que tu peux faire pour la dynastar de Dédé ?

– J'en ai une, entièrement refaite. Et ça court pas les rues.

– Tu me la fais à combien ?

– Je récupère la tienne pour la reconditionner et ça ira.

– Et tu m'aides à remonter la nouvelle ?

– Quand tu veux.

Josiane vint dresser la table, sans trop de ménagement.

– Alors, ça sera calamar en entrée, morue braisée et crème brûlée. Marcel n'a pas été au marché ce matin.

– Mange avec nous, René. Tu crois qu'on peut commencer à démonter la dynastar cette après-midi ?

– Pourquoi pas. J'irai chercher ma caisse à outils après le repas et on se donne rendez-vous au port.

Vincent en profita pour faire une mise au point.

– Moi, je rentre au bateau, je vais me préparer à partir. Faut que je fasse la météo, et hop ! salut la compagnie. Je vais prendre la mer, la vraie, la grande. Je vous laisse dans votre marigot avec vos morts, vos disparus et vos gendarmes.

– Et pour Dumas ?

– Je me fous complètement de Dumas. Comme des autres, d'ailleurs.

– Apparemment, c'est un flambeur, ce type, qui dépense sans compter et qui fait la fête.

– Va le dire aux gendarmes, ça les intéressera. Comment tu le trouves, ce vin ?

– Il passe bien.

– Moi, je le trouve gouleyant, précisa Dédé.

– Gouleyant ! Et t'as découvert ça où ?

– À la télé. Y a des émissions gastronomiques où qu'ils disent que c'est gouleyant.

PRÊT AU DÉPART

Vincent passa la fin de journée à préparer *Méa*, puis alla faire quelques courses. La sagesse la plus élémentaire voulait qu'il emporte des provisions pour plusieurs jours et une douzaine de bouteilles d'eau. Une simple avarie de gouvernail pouvait transformer une étape de vingt-quatre heures en longue errance dans le golfe de Gascogne. La traversée Arcachon-Le Verdon avait ceci de particulier qu'elle ne comportait aucun abri, aucun endroit où relâcher, aucune possibilité de faire demi-tour. Les passes de l'estuaire de la Gironde étant aussi dangereuses que celles d'Arcachon, on pouvait se trouver bloqué sous le mauvais temps et y rester longtemps, ou être contraint de se dérouter sur le pertuis d'Antioche et La Rochelle, plus facile d'accès. La houle du golfe de Gascogne, qui se brisait sur le plateau continental, ainsi que sa faible profondeur faisaient se former des vagues qui devenaient vite très dangereuses pour les petits bateaux.

À ne faire que des ronds dans l'eau sur le bassin d'Arcachon, *Méa* avait oublié son caractère de coursier hauturier. Il fallait installer le lourd radeau de survie sur le pont, le sangler correctement, retrouver le harnais traînant probablement au fond d'un coffre, poser les lignes de vie, essayer les feux de route, vérifier les pompes d'assèchement. Autant d'occupations qui pouvaient paraître fastidieuses, mais qui auguraient un retour vers les grands espaces, lorsqu'à 360 degrés à la ronde il n'y avait plus que l'horizon.

Méa était enfin prêt : Vincent s'en alla, l'esprit léger et les mains dans les poches, faire le tour des pontons et saluer quelques amis. Jean lui promit de veiller sur sa place de port. Puis il se dirigea vers *Marie-Thérèse*.

Dédé et René étaient en train de se chamailler, les vêtements couverts de cambouis. La dynastar en panne rechignait à quitter son emplacement, et chacun y allait de son avis contradictoire. Mais, avec l'aide de Vincent, la bête finit par consentir à sortir du moteur et l'atmosphère se détendit.

Les compères firent un rapide brin de toilette avant de décider qu'il était l'heure de fêter la reddition de la pièce malade et le départ de Vincent par un apéritif. Les bancs de bois du cockpit de *Marie-Thérèse* aux dossiers verticaux n'étaient pas confortables, mais l'humeur était d'autant plus joyeuse que Vincent, par l'esprit, était déjà parti.

UN INCENDIE

Vincent était sur le point de prendre congé lorsque les trois compères entendirent un concert de sirènes de pompiers. Manifestement, on avait fait sortir toute la caserne. De loin, René aperçut un de ces énormes camions rouges bardés de protections, spécialisés dans la lutte contre les feux de forêt qui roulait à grande vitesse, précédé et suivi par des quatre-quatre. Ce n'était vraiment pas bon signe.

Depuis les incendies d'août 1949, qui avaient tué plus de quatre-vingts personnes et détruit cinquante-deux mille hectares, l'incendie de forêt restait une hantise sourde en Gironde. Une sorte de peste noire que l'on redoutait, dont on parlait le moins souvent possible et à voix basse, tant pour conjurer le mauvais sort que pour éviter d'échauffer les esprits simples, voire dérangés, toujours capables de foutre le rifle pour se venger d'une mauvaise remarque ou tout simplement pour voir défiler les beaux camions rouges. On redoutait plus que tout de voir sortir précipitamment de leur caserne ces véhicules spécialisés dans la lutte contre les incendies de forêt. Les gens suivaient des yeux le convoi des lourds véhicules, le visage grave. Malgré les hurlements des sirènes, on tentait d'échanger des informations : « Ça aurait pris du côté de chez Dupin », « Ça a sauté la route vers les maïs, et ça a gagné chez Faure... », « Putain de moine ! »

En 1949, le feu était parti de Mios, village proche de La Teste, et le lendemain à 17 heures Bordeaux était plongée dans l'obscurité des fumées et des flammèches.

Dédé s'exclama :

– Regardez, les gars. Au sud, sud-ouest, dans la forêt de La Teste, vers la route de Biscarrosse… Regardez la fumée. Oh, punaise, ça brûle ! Et y a du vent qui porte vers ici. Quel malheur !

Les trois amis avaient quitté *Marie-Thérèse* à la recherche d'un point de vue plus élevé. Depuis le quai, ils voyaient la fumée grossir et s'élever, tout en s'élargissant.

– Avec le vent, faudrait pas que des brandons arrivent sur le Pyla, ce serait la catastrophe…

– Heureusement que les campings ne sont pas pleins.

Un hélicoptère de la gendarmerie se dirigea vers le brasier, puis un *Puma* de l'armée de l'Air, provenant certainement de la base aérienne de Cazaux, toute proche.

– On commence à sentir la fumée, lâcha René d'un ton sinistre.

– Là, c'est la misère. Les sous-bois sont secs, le vent souffle à dix ou quinze nœuds et il n'est pas près de pleuvoir.

Ils passèrent plus d'une heure à regarder la fumée s'épaissir et monter toujours plus haut dans le ciel. Le front de l'incendie semblait avancer.

– Pas question d'aller voir, on gênerait les secours plus qu'autre chose.

Ils décidèrent de dîner ensemble dans le cockpit de *Marie-Thérèse* pour suivre l'évolution des choses. Vincent alla sur *Méa* chercher quelques victuailles, Dédé alluma sa radio dans l'espoir de recueillir quelques informations. L'atmosphère était grave et le feu ne faiblissait pas. Le soleil s'était couché depuis longtemps et les avions bombardiers d'eau ne pourraient pas intervenir avant le lendemain. La nuit allait être longue pour tout le monde, et Vincent se mit à douter de pouvoir partir le lendemain.

René et Dédé rentrèrent chez eux pour être auprès de leur famille, laissant la dynastar démontée gésir sur le plancher de *Marie-Thérèse*. Le silence de la nuit était régulièrement déchiré par les hurlements de sirènes, et Vincent peinait à trouver le sommeil.

Lorsque, enfin, il le trouva, il fut réveillé par Dédé tapant sur le capot de descente de *Méa*.

– Vincent, tu connais pas la nouvelle ?

– Non, je dormais, comme quelqu'un de normal.

– Le vent a tourné au nord et le feu est stoppé.

– C'est pour ça que tu me réveilles ?

– Pas exactement. Dans les débris de l'incendie, les pompiers ont trouvé une voiture calcinée. Et devine laquelle ?

– Je ne fais jamais de devinette le matin, avant le café.

– La Jaguar de Dumas. Complètement cramée.

– Et Dumas ?

– Il n'était pas dans la voiture.

– Tiens donc. Et où serait-il passé ?

– Personne ne sait. Mais toi, tu ne vas pas pouvoir sortir. Tu as le vent plein nord, droit dans le pif.

Dédé avait l'air de se réjouir de cette bascule météo inattendue, mais Vincent ne voulait pas s'avouer vaincu.

– Pas grave. Je tirerai des bords.

– Je connais la définition du « plus près serré », c'est toi qui me l'as apprise : deux fois la distance, trois fois plus de temps, quatre fois plus d'emmerdements.

– Dédé… Maintenant, tu réussis à me gonfler avant même le petit déjeuner. T'es un vrai champion, dans ton genre. Le jour où tu meurs, je te fais empailler, et je te garde en porte-manteau chez moi, sinon tu me manqueras.

– Ben, tu vois, Vincent, moi je ne suis pas policier et encore moins commissaire de police. Je ne suis pas payé pour rechercher la vérité, et pourtant j'ai un poil de curiosité, un peu de sens civique, une conscience de citoyen. Et je vais donc aller voir ce qui s'est passé dans la forêt de La Teste. Et je vais y aller tout seul. Pas besoin d'un commissaire à la manque qui ne trouverait pas de sable au Sahara.

– Dédé, ferme-la un peu. Je fais un brin de toilette et je t'accompagne. Fais-moi couler un café.

Une fois prêt, Vincent commença par ouvrir les quatre vitres de la 4L avant de s'asseoir sur le siège du passager avant, écrasant au passage un moulinet de pêche. Dédé fit ronfler le moteur, qui démarra presque au quart de tour, et l'équipage se dirigea à plus de 25 km/h vers la forêt usagère de La Teste.

L'odeur était de plus en plus forte et, à partir du Pyla, on se serait cru au cœur même du brasier. Ils croisaient de plus en plus souvent des piquets d'incendie, constitués de deux véhicules de pompiers dont une citerne, surveillant les fumerolles et prêts à intervenir à la moindre reprise. L'embrasement de pins maritimes avait ceci de traître qu'il pouvait couver sous terre, passant de racine en racine pour resurgir subitement bien plus loin et se mettre à fuser comme un chalumeau. Les incendies de la forêt de Gascogne terrorisaient les pompiers venus d'autres régions, notamment lorsqu'ils voyaient des flammes jaillir du sol et les cerner sans prévenir.

Sur le côté droit de la route de Biscarrosse, ils repérèrent l'épicentre du feu. À cet endroit, tout était noir, et il ne subsistait rien de vivant. Ni pin, ni arbousier, ni genêt, ni ajonc. Un véritable paysage lunaire. Des pompiers essayaient d'aider un dépanneur à tracter, sous la surveillance des gendarmes, une carcasse de voiture hors du bois, mais l'opération semblait délicate.

– Aucun doute, c'est une Jaguar, la voiture de Dumas, remarqua Dédé.

– Roule plus vite, Dédé, on va se faire détroncher par les pandores.

Au lieu d'obtempérer, Dédé chercha un bas-côté carrossable pour arrêter sa 4L, l'air pensif et pénétré.

– Vincent, écoute-moi, je connais bien ce coin. Je viens ici avec Simone aux champignons chaque année. Tu vois, de là où ils sortent la Jaguar, y a un chemin. Ça ne se voit plus parce que tout a cramé, mais c'est un chemin. Ça mène à une ancienne cabane de résinier. On s'y est déjà abrités avec Simone.

– Et alors ?

– Et alors, et alors, c'est pas pour rien que la voiture de Dumas a brûlé ici. En prenant le pare-feu de derrière, on peut y arriver sans être vu, mais il faut marcher.

– Si tu veux, on va y jeter un coup d'œil, mais je parie que ta cabane a brûlé.

– Pas sûr. Elle est sur un airial. Ils n'étaient pas bêtes, les anciens, ils ne plantaient aucun arbre autour de leur cabane. Ils ne voulaient pas se retrouver cernés par le feu en pleine nuit.

Pendant une dizaine de minutes, ils marchèrent péniblement sur la piste, s'enfonçant dans le sable, montant et descendant les dunes, hors d'haleine.

– Tiens ! On y est, tu vois qu'elle n'a pas brûlé !

La cabane de briques rouges paraissait intacte. Sa couverture de tuiles plates était toujours en place et sa porte d'entrée, ouverte, comme d'habitude.

Ils commencèrent par faire le tour de la baraque sans rien remarquer d'anormal.

– Bon, on y va ? lança Vincent.

– Attends un peu.

Dédé s'aventura prudemment à l'intérieur, attendant certainement que sa vue s'accommode à l'obscurité. Puis, d'une voix blanche, il appela :

– Vincent, viens. Viens voir, c'est terrible.

– Qu'est-ce qu'il y a encore ?

– Tu ne vas pas me croire…

Vincent s'avança lentement et, lorsque ses yeux furent acclimatés aux ténèbres, il put distinguer le corps d'un homme, assis au sol, le dos contre le mur, la tête penchée en avant.

En le bougeant, Vincent remarqua que la rigidité cadavérique était installée, qu'il ne présentait pas de trace apparente de coups et qu'il s'agissait d'un type d'une trentaine d'années.

– C'est pas vrai, mais c'est pas vrai… Viens, Dédé, on se casse ! Ça suffit, les emmerdes.

– Tu crois que c'est Dumas ?

– Je sais pas, je ne le connais pas. Ce que je sais, c'est que j'en ai marre de ta vocation contrariée de croque-mort. Ramène-moi au bateau. Après, tu feras ce que tu voudras.

Vincent fit demi-tour illico presto pour rejoindre la 4L au plus vite.

– Magne-toi, Dédé, l'air n'est pas sain, ici.

Ils n'avaient pas fait cinquante mètres qu'ils tombèrent nez à nez sur deux gendarmes. Vincent reconnut immédiatement l'un d'eux comme étant le factotum de l'officier.

– Là, on est faits aux pattes, Dédé. On est cuits, chuchota-t-il.

Les pouces campés dans son ceinturon, l'un d'eux les interpella :

– Eh bien, Messieurs, on ne voit que vous, en ce moment ! Et de préférence là où il se passe quelque chose.

Vincent choisit de ne rien répondre, car il ne voyait rien à dire. Il se contentait d'essayer de réfléchir. Et s'ils ne disaient rien aux gendarmes ? Mauvais calcul : tôt ou tard, ces derniers découvriraient le corps et se souviendraient qu'ils avaient rencontré Vincent et Dédé dans les parages. Et s'ils disaient la vérité ? Spontanément. Il serait très difficile aux gendarmes de les croire, il en avait conscience.

Il n'eut pas le temps de peser le pour et le contre. Dédé racontait déjà tout.

– On est venus faire un tour, comme ça, juste pour voir, et on est tombés sur un cadavre, là-bas, dans la cabane. Venez, je vous montre.

Pour se rassurer, Vincent essaya de se convaincre que la naïveté de Dédé pouvait les aider. Il soupira profondément et demanda :

– Dédé, roule-moi une clope.

– Tu fumes ?

– La dernière fois, c'était pour l'enterrement de ma mère. Roule-moi une clope.

Dédé prit son regard de chien battu qui lui allait si bien, et trouva opportun de préciser :

– Mais je n'y suis pour rien !

– Non, Dédé, tu n'y es pour rien. Je devrais être en train de franchir les passes avec *Méa* pour une belle navigation... Mais tu n'y es pour rien. C'est toi qui as voulu venir ici avec ta putain de 4L, mais tu n'y es pour rien. C'est encore toi qui as voulu aller farfouiller dans cette cabane à la con, mais tu n'y es pour rien. Mais qu'est-ce que j'ai fait au ciel, bordel, pour me coltiner un mec comme toi ? Tu me la roules, cette clope, oui ou non ?

L'autre gendarme essaya de reprendre le contrôle de la situation.

– Allons voir ça.

Vincent fulminait. Il savait que, cette fois-ci, ils n'allaient pas échapper à la garde à vue. Dédé, probablement choqué et dépassé par la situation, se mit à déraisonner.

– C'est trop sec, y aura vraiment pas de champignons cette année.

Les agents examinèrent le corps, puis le fouillèrent. Ils trouvèrent des documents au nom de Jacques Dumas. L'un d'eux s'éloigna pour téléphoner, pendant que le second gardait Vincent et Dédé à l'œil. Lorsqu'il revint, il extirpa une paire de menottes de leur étui, indiqua à son collègue d'en faire autant, puis ils menottèrent Vincent et Dédé les mains dans le dos. Cela n'étonna pas Vincent, contrairement à Dédé, dont la mine changea instantanément.

– Ben oui, Dédé, on est ferrés comme des coustuts ! À qui la faute ?

– Messieurs, il est 11 h 10, vous êtes en garde à vue. On vous notifiera vos droits à la brigade. À partir de maintenant, vous ne parlez plus entre vous.

– Et ma clope ? Avec les bracelets dans le dos, il ne va même pas pouvoir me la rouler, ma clope.

Un des gendarmes plaça une cigarette entre les lèvres de Vincent avant de l'allumer. La situation était tellement absurde que Vincent, comme souvent dans ces cas-là, avait envie de rire.

– Avec la cigarette, il ne me manque plus que l'échafaud, et c'est la totale.

Il était encore plus difficile de marcher dans le sable profond les mains attachées dans le dos, et Dédé soufflait comme un phoque.

– Doucement, les gars, l'ancien va nous péter une durite. Et s'il clabote en garde à vue, vous n'avez pas fini d'être ennuyés.

GARDE À VUE

Les agents les firent monter dans un véhicule utilitaire et ils prirent la direction d'Arcachon.

– Et ma 4L ? gémit Dédé.

– On va la faire enlever et la mettre en fourrière.

– Vous me l'esquintez pas, surtout.

Les compères furent placés dans des cellules séparées, donnant sur l'arrière des bureaux de la brigade. Ils pouvaient quand même se parler et, pour peu que Dédé arrête de se plaindre et de pleurnicher, ils pouvaient également entendre les conversations des gendarmes.

Vincent fit taire Dédé et tendit l'oreille.

—… suicide est fort probable. Il a envoyé à son oncle un SMS dans lequel il s'explique. Il écrit qu'il a tué le Géorgien en lui collant une raclée pour le punir et pour qu'il cesse de racketter Lartigue. Il demande pardon. Donc ça roule.

– Mais il est mort comment ?

– Apparemment, asphyxie et médicaments. On a retrouvé un sac plastique entre ses jambes.

– D'accord. On verra à l'autopsie. Ce qui ne colle pas, c'est les deux pèlerins qu'on a ramassés à côté de la cabane. Qu'est-ce qu'ils viennent faire là-dedans ?

– Bonne question. Va falloir les cuisiner. On va entreprendre le vieux, parce que l'autre c'est une tête de lard. Et il connaît la musique. On a déjà donné, avec ce zèbre.

Vincent demanda qu'on avertisse Théo de sa garde à vue, mais pas Sylvie. Il réclama la présence de son avocate, Geneviève Lacroix, une autre amie de la faculté de droit, même si elle allait probablement rouspéter. Car elle en avait assez, elle aussi, de devoir constamment voler au secours de son ami.

Allongé sur le châlit de sa cellule, Vincent réfléchissait :

– Pourvu qu'elle n'ait pas une audience, et qu'elle ne m'envoie pas son associé boutonneux et lymphatique, parce que là ça commence à être sérieux. Selon la tournure que prennent les choses, je risque une présentation au parquet, un contrôle judiciaire… s'ils ne me mettent pas carrément en taule. Va falloir jouer fin. Sans compter que je vais me faire sérieusement sonner les cloches par Sylvie ! Tout ça à cause de ce sacré Dédé, Dédé la scoumoune…

Moins de deux heures plus tard, l'avocate était là, et Vincent était très touché de son effort et de sa réactivité.

Les gendarmes les laissèrent seuls dans la cellule. En voyant Vincent embastillé, elle lâcha un interminable soupir, en remuant la tête d'un air dépité. Mais elle avait les bons réflexes. De son doigt, elle désigna les murs de la cellule.

– T'as vérifié ?

– Oui. Elle n'est pas sonorisée, j'ai tout contrôlé. Tu peux y aller.

– Bien entendu, je n'ai pas eu accès au dossier, mais en posant des questions j'ai compris qu'ils n'avaient rien de concret contre toi – si ce n'est les apparences. Ils ne comprennent pas que tu sois toujours au mauvais endroit au mauvais moment. C'est vrai que c'est pas banal : comment te débrouilles-tu pour découvrir deux cadavres en quelques jours, et pendant tes vacances ?

– Faut demander à Dédé.

– Et qui c'est, celui-là ? Un serial killer ?

– Dédé, serial killer ? Je vais lui répéter…

– Et il y a aussi ton comportement.

– Mon comportement ? Qu'est-ce qu'il a, mon comportement ?

– D'après les gendarmes, tu es moqueur, cassant, sarcastique… Bref, désagréable !

– C'est un motif de garde à vue ?

– Peut-être pas, mais ce n'est pas comme ça qu'il faut se comporter avec les auxiliaires de justice. Tu es pourtant bien placé pour le savoir.

– Je croyais que tu étais mon avocate ? On dirait plutôt une fille de gendarme, mariée à un gendarme et dont le fils rêve d'entrer dans la gendarmerie.

– C'est bien ça, ils ont raison : t'es insupportable.

– Bon. Qu'est-ce que tu comptes faire pour moi ? Si tant est que tu veuilles faire quelque chose…

– D'abord, je vais essayer de calmer le jeu. Puis, en rentrant à Bordeaux, je vais aller voir le substitut du procureur de permanence. Il ne faudrait pas qu'il t'inflige un contrôle judiciaire trop astreignant.

– Mais Geneviève, j'ai du mal à y croire : je n'ai rien fait, strictement rien fait. Je suis comme l'enfant qui vient de naître. Mon seul tort est peut-être de fréquenter ce couillon de Dédé. Et, pour mon audition, je fais quoi, d'après toi ?

– Tu dis la vérité, tout ce que tu sais, un point c'est tout.

– Sauf que la vérité va sembler suspecte, farfelue, et probablement difficile à accepter. C'est moi qui trouve un cadavre, c'est moi qui l'identifie. Ils suspectent Tovaritch de l'avoir trucidé, et ils me trouvent en compagnie de Tovaritch. Un autre gars se fait zigouiller, c'est encore moi qui découvre son corps. Qu'est-ce que tu veux que je leur vende, aux gendarmes ? Que je suis affublé de Dédé le chat noir ? Non, ça marchera pas. Éviter les sarcasmes, je veux bien. Mais je vais surtout la fermer, je ne vois rien d'autre à faire. Maintenant, va voir Dédé. Il pleurniche dans sa cellule. Merci, Geneviève, et surtout ne dis rien à Sylvie.

Lorsqu'on l'extirpa de derrière les barreaux, Vincent mourait d'envie de faire sa mauvaise tête et de rester allongé sur son grabat, de faire la sourde oreille, de bouder. Personne n'aurait rien pu y faire. Mais il avait promis à Geneviève d'être raisonnable, alors, il se laissa conduire dans un bureau en vue d'une audition. Mais sa nature reprit vite le dessus, et c'est lui qui se mit à poser les questions.

– Est-ce que vous connaissez mon identité ? Vous avez tout ? Mes date et lieu de naissance, le nom de jeune fille de mon arrière-grand-mère ?

Le gendarme dut en convenir.

– Très bien. Maintenant, il vous reste à procéder aux photos, à ma prise d'empreintes et au prélèvement ADN. J'espère que vous avez tout prévu parce qu'on n'a pas de temps à perdre. J'attends de me soumettre à ces formalités, puis vous pourrez me raccompagner au trou, car je n'ai rien d'autre à déclarer. Je ne signerai aucun document. Considérez que ma participation à votre enquête s'arrête là. En raison des préjugés que vous nourrissez à mon encontre, je n'ai aucune raison de vous aider. Qui plus est, Messieurs, je vous signale que j'ai envie de pisser, ce qui n'est pas très pratique lorsqu'on a des menottes dans le dos. Maintenant, si ça vous arrange, vous pouvez toujours vous en prendre à André Dubosc. En haussant le ton, il va vous avouer sans difficulté avoir cassé le vase de Soissons.

En réintégrant sa cellule, Vincent admit intérieurement qu'il n'avait pas tout à fait suivi la stratégie de Geneviève. Ça avait été plus fort que lui. Et, quitte à être infect, il se paya une dernière moquerie avant qu'on ne l'enferme de nouveau.

– Si vous devez cogner Dubosc, faites gaffe, il marque facilement. Tapez à l'abdomen ou tirez-lui les cheveux, mais pas le visage. Il prend des anticoagulants, il va saigner comme un cochon. Soyez pros, les mecs !

Il était visible que les agents mouraient d'envie de lui coller une gifle, mais c'étaient de bons professionnels et ils disposaient du recul nécessaire. C'était un petit échec pour Vincent, qui aurait souhaité leur pourrir la procédure avec des violences illégitimes. Une seule bourrade, et il se serait laissé tomber au sol, feignant une syncope.

Il s'allongea sur son matelas, et se mit à faire un tri drastique dans ses pensées, avant de se concentrer sur *Méa* et sa voilure. Ce génois n'était-il pas trop creux ? Même en reculant le point d'écoute au maximum, il avait tendance à faire abattre le bateau. Peut-être Vincent fermait-il trop la chute ? Pourtant, elle tirait bien, cette voile. Il devait mal pointer.

Rien n'était plus fin qu'un réglage de voile et rien n'était plus efficace que de réfléchir à un réglage de voile pour s'évader… Vincent finit par s'endormir.

Lorsqu'on le réveilla, il faisait nuit.

– Allez, debout, on se lève !

– Doucement, s'il vous plaît, doucement, on n'est pas aux pièces. Et ce n'est pas en me privant de sommeil que vous obtiendrez des aveux de ma part. *L'Aveu*, Costa-Gavras, c'est fini, c'est d'une autre époque. Sans compter que ces pratiques sont prohibées depuis fort longtemps. Brusquer un prisonnier en pleine nuit dans l'espoir de lui arracher une déclaration… Quelle honte ! Vous avez déjà entendu parler de déontologie ?

– Vous allez fermer votre gueule, oui ou non ?

– Et voilà. On commence par les violences verbales et Dieu sait comment ça va finir…

Un gendarme plus âgé intervint.

– Laisse, je m'en occupe. Il va te pousser à la faute. Surtout, ne l'écoute pas, il va te faire bouffer ton képi. C'est un serpent, ce mec.

On présenta Vincent à l'officier.

– Laffargue, vous êtes libre… pour l'instant. Le parquet estime qu'il n'y a pas assez d'éléments contre vous. Le procureur pense à prendre une mesure de contrôle judiciaire à votre encontre pour que vous cessiez d'interférer dans nos investigations. J'ai demandé que vous soyez interdit sur le bassin d'Arcachon jusqu'à la clôture de notre enquête. C'est en débat avec le juge des libertés. L'idéal eût été qu'on vous présente au parquet à Bordeaux, mais le procureur en a décidé autrement.

– C'est dommage. Ça m'aurait évité de prendre le train, et votre chauffeur conduit pas trop mal. Mais, d'un autre côté, ça vous fait économiser de l'essence. Je sais ce que c'est. Quand on est chef de service, il faut veiller à tout.

– Laffargue, vous allez récupérer votre acolyte et disparaître d'ici, je ne veux plus jamais vous voir.

– On ne va pas partir fâchés, ce serait dommage…

– Sortez, Laffargue. Votre comparse vous attend dehors sur le banc.

– Vous parlez d'un accueil. J'ai pas demandé à venir, moi, et maintenant on me fout dehors. Si vous perdez une étoile, faudra pas vous étonner.

Alors que Vincent sortait avec un sourire mal dissimulé, l'officier s'adressa à son subordonné.

– Vous en avez déjà vu, des comme ça ?

– Ah non. Celui-là, c'est un spécial.

Dédé était prostré sur son banc. Il grelottait et Vincent, sur sa lancée, se moqua de lui.

– Alors, mon Dédé, t'aimes plus la maréchaussée ?

Puis il remit son téléphone mobile en marche et remarqua qu'il avait trois appels en absence.

ET DE TROIS

Les appels venaient tous de Fabien, un vieil ami journaliste qui ne l'appelait jamais sans raison. Inquiet, il le rappela.

– Vincent, tu ne vas pas en revenir. Pierre Besse, tu connais ?

– Ben oui, quand même. Il a tenu le milieu bordelais pendant trente ans. Mais il est rangé des voitures, aujourd'hui.

– Oui, on croyait. Il vient de se faire dessouder. À Arcachon, chez lui, dans l'entrée de son garage. Il rentrait sa Porsche, il a pris trois balles dans la tête par la vitre conducteur.

– Et comment tu sais ça ?

– Je suis au palais de justice, au service de permanence. T'imagines bien que Besse qui se fait plomber, ça ne laisse personne indifférent.

– Et quel service va être saisi ?

– A priori, les gendarmes.

– Sur ce coup, je suis hors de cause. J'ai un alibi en béton armé. J'étais au trou chez les pandores. J'en sors à peine.

– Arrête de dire des sottises...

– Tu as l'adresse du lieu des faits ?

– Non, je te rappelle.

– Pas la peine. Si les gendarmes me voient sur place, je suis cuit. T'écris là-dessus ?

– Presque rien, on n'en sait pas assez.

– Très bien.

Vincent, comme un automate, s'assit sur un banc public et, les yeux dans le vague, lâcha devant un Dédé interloqué :

– Oh putain !

– Qu'est-ce qu'il y a, Vincent ?

– Oh putain !

Vincent passa ainsi quelques minutes, perdu dans ses pensées. À côté de lui, Dédé commençait à s'impatienter. Tout à coup, Vincent retrouva l'usage de la parole et déclara :

– Dédé ! Appelle Simone. Dis-lui qu'on est sortis de la ratière, qu'elle peut virer son amant. Précise-lui qu'on va au *Bar du Marché* se taper la cloche avec les autres fêlés, que tu vas rentrer tard, et qu'elle peut demander le divorce.

– T'as encore la connerie sur toi, aujourd'hui, Vincent…

– T'inquiète pas. C'est les nerfs. Pour moi, la connerie, c'est une forme de politesse du désespoir. Si on se met à prendre tout ça au sérieux, on est perdus, on va devenir haineux, moches et déprimés.

– Et ma 4L ?

– René te raccompagnera ce soir. Ça t'évitera de conduire bourré.

– Salut la compagnie, les filles-mères, les borgnes, les bègues, les culs-de-jatte et les autres ! lança Vincent en entrant dans le bar-restaurant.

Puis il interpella Josiane :

– Josiane, tu as ce soir des hôtes de marque. Dédé et moi, on revient de garde à vue, de taule, du placard, si tu préfères. On est des repris de justesse. Alors, tu vas nous concocter un repas de fête comme tu sais les faire, parce que c'est pas tous les jours qu'on met en même temps un abruti et un commissaire de police au trou, pas vrai ? J'invite tout le monde. Téléphonez à vos moitiés et dites-leur que vous ne rentrez pas. Josiane ! Donne-nous le programme.

– Escargots à la tomate, tripes à la bordelaise, omelette aux cèpes, plateau de fromages et crêpes flambées.

– Tu n'enlèves rien. Et je vous veux, ton mari et toi, à notre table. J'aiderai au service.

– Bon, alors, je ferme la turne.

– Baisse le rideau, Dédé va passer derrière le bar, s'occuper des soiffards. René ! Fais marcher cette saleté de juke-box.

Dédé s'inquiétait de l'allégresse soudaine de Vincent.

– Qu'est-ce qui t'arrive ?

– Laisse tomber, Dédé. Demain matin, dès que t'as dégazé, tu vas préparer la *Marie-Thérèse*, et on se tire. Pour l'instant, on fait la fête.

– J'aimerais comprendre, Vincent. On est dans le caca. On nous suspecte d'avoir buté un ou deux gars, et t'es gai comme un pinson… Tu déconnes, tu régales tout le monde et tu veux aller faire un tour aux coustuts, demain. T'es vraiment pas comme les autres.

– C'est la garde à vue qui me fait cet effet. Recouvrer la liberté me met en joie.

Dépité, Dédé passa derrière le comptoir et commença le service. René avait choisi *La Bohème,* de Charles Aznavour. Cela devait lui rappeler sa lointaine jeunesse.

Josiane baissa le volet roulant avec force tours de manivelle, mais leurs rires s'entendaient quand même depuis la rue.

– Alors, Vincent, tu nous racontes ?

– Qu'est-ce que vous voulez que je vous raconte… Ils nous ont mis au placard, puis nous ont relâchés. Ce qui est important, c'est l'avenir, c'est demain et après-demain.

– Y a quoi, demain et après-demain ?

– Demain, je vais à l'île aux Oiseaux avec Dédé. Après-demain, je pars aux aurores avec *Méa*. J'attends la marée au banc d'Arguin, je franchis les passes à la pleine mer et hop ! je rentre au montant dans la passe sud de l'estuaire et je relâche à Port-Médoc.

– C'est tout ?

– Oui. Et c'est formidable. Tiens, voilà les escargots. T'aurais pas un bourgogne là-dessus ?

René eut du mal à faire entrer Dédé dans sa Méhari. Dédé trouvait qu'il était bien tôt pour rentrer, et qu'il y avait quelques bars sympathiques encore ouverts sur le boulevard de la Plage.

– C'est les nerfs qui te lâchent, à toi aussi ? demanda René.

– René, faut que tu saches quelque chose : c'est que, Vincent et moi, on est des guerriers. Faut que vous le sachiez. D'abord, on est des putains de fins limiers, y a pas mieux en magasin. Et en plus, en plus, nous, on a peur de rien. Faudrait que tu voies la tronche des pandores quand ils nous voient arriver. Ils sont pas à l'aise, les bourres. Et, avec Vincent, on te les recadre vite fait !

– C'est ça, Dédé, c'est ça. Tu as la clef de chez toi, ou il faut réveiller Simone ?

– Je vais pieuter au garage, avec Félix.

Vincent rentra à pied au port, envoya un message à Sylvie, se coucha et s'endormit l'esprit serein.

Dédé n'avait pas oublié. À 9 heures, d'énormes poches sous les yeux, il faisait pétarader le moteur de *Marie-Thérèse* comme un marteau-piqueur.

– Allez, capitaine, direction l'estey d'Afrique sur l'île aux Oiseaux. Tu remontes le plus loin possible jusqu'à t'échouer, on verra après.

– Mais qu'est-ce que tu veux qu'on aille faire au fin fond de l'estey d'Afrique ?

– Tu viens de le dire, Dédé, sans le vouloir. Afrique… rien que le nom, ça me fait rêver… L'exotisme, le bout du monde, les grands animaux sauvages, les kangourous… Pendant quelques heures, on ne verra rien ni personne à part quelques Peaux-Rouges, on n'entendra que le vent, les oiseaux, les grognements des membrures de ta barcasse…

– *Marie-Thérèse* n'est pas une barcasse. Et il n'y a pas plus de kangourous en Afrique que de Peaux-Rouges.

– Qu'à cela ne tienne. On entendra gémir les vertèbres de *Marie-Thérèse*, hululer les koalas le soir au fond des bois…

– Je crois vraiment que t'as pris un pet au casque, Vincent. Depuis qu'on est sortis de garde à vue, tu déraisonnes. Hier soir, t'as dépensé plus de deux cents euros avec les copains, aujourd'hui, tu veux aller t'échouer au fin fond d'Afrique… comme si tu avais découvert qu'il y avait des rhinocéros à l'île aux Oiseaux.

– Tais-toi et barre. Tu n'as aucun sens de la poésie, tu es terre à terre, lamentable.

Vincent avait l'œil rivé à l'écran de son portable, ce qui n'était pas dans ses habitudes. Cela agaçait sérieusement Dédé, qui, décidément, avait bien du mal à le comprendre.

– Qu'est-ce que tu fais ?

– Je contrôle le réseau.

– T'attends un coup de fil ?

– Pas du tout.

Dédé haussa les épaules et renonça à obtenir une explication. *Marie-Thérèse* s'engagea dans l'estey au sud de l'île aux Oiseaux.

– Vas-y, remonte au plus près de l'île.

– Mais qu'est-ce que tu cherches, Vincent ?

– La paix, la tranquillité, la solitude.

Mais il ne quittait pas son mobile des yeux, au grand désespoir de Dédé. Il ne fit même pas attention aux deux cabanes tchanquées dont *Marie-Thérèse* s'approchait. Juchées sur leurs pilotis, on aurait pu les croire sur des échasses landaises, et lorsque le courant de marée défilait elles semblaient se déplacer sur l'eau.

Dédé échoua *Marie-Thérèse* au plus près de la terre ferme de l'île aux Oiseaux, et arrêta le moteur. Un silence total envahit l'espace. Vincent jeta un long regard périphérique. Pas de doute, ils étaient seuls au monde. Le moindre bruit semblait incongru. Dédé sortit une bouteille de pastis puis des verres, et les posa sur la minuscule table de cockpit. Il y ajouta une assiette de crevettes grises et un saladier de bulots.

Dédé sifflotait tranquillement, quand Vincent lui demanda subitement d'arrêter pour passer un coup de fil.

– Bonjour, Monsieur le procureur, et merci de prendre mon appel.

– Cela fait une éternité que je ne vous ai entendu.

– Depuis qu'on m'a mis aux Enquêtes administratives. Aujourd'hui, ce n'est pas le commissaire Laffargue qui vous appelle, mais Vincent Laffargue, en vacances quelque part sur la planète. Je me dois de vous communiquer un renseignement judiciaire qui me semble très important. Je vais essayer d'être bref : on a retrouvé un corps dans le bassin d'Arcachon. Ce cadavre est celui d'un nommé Giorgi Saakachvili, agent commercial dans l'immobilier.

– J'en ai été informé en temps réel.

– Ensuite, on a retrouvé à Arcachon le corps sans vie d'un nommé Jacques Dumas.

– C'est ce qu'indiquait la synthèse quotidienne que m'envoient les gendarmes.

– Sa mort n'est pas naturelle.

– J'avais cru comprendre.

– Sachez enfin que Pierre Besse a été assassiné hier de trois balles, lors d'un guet-apens.

– J'ai également été tenu au courant de ces événements.

– Très bien, Monsieur le procureur. Si je résume, les gendarmes ont du pain sur la planche : trois affaires criminelles à traiter simultanément…

– Je ne doute pas de leur capacité à s'organiser, monter en puissance, constituer des cellules d'investigation et analyser les différents paramètres.

– Monsieur le procureur, je vous appelais pour vous faire part de mon étonnement relatif à la conjonction de ces trois crimes…

– Il est vrai que cette concomitance spatio-temporelle est pour le moins troublante.

– Je voulais vous dire que ces trois morts font probablement partie de la même affaire.

– Pour l'instant, ce n'est pas l'avis des gendarmes. Mais, commissaire, votre hypothèse peut néanmoins les intéresser, vous devriez aller les voir.

– Je n'irai pas.

– Et pourquoi donc ? Toujours et encore cette stupide guerre des polices, cet antagonisme d'un autre âge ? J'ai l'impression que la police nationale ne fait aucun effort.

– Vous avez raison, les gendarmes m'ont même récemment offert le gîte et le couvert. Un accueil remarquable.

– Vous voyez bien ! Traitez avec eux, Laffargue.

– Non, je voulais dire que… Bon, c'est comme si c'était fait, Monsieur le procureur.

– Et au fait, où vous trouvez-vous pour me parler de tout ça ? Je vous croyais en vacances ?

– Au bout du monde, sur le fond de l'estey d'Afrique avec *Marie-Thérèse* et Dédé.

– En Afrique ? Mais c'est formidable ! Envoyez le bonjour à madame *Marie-Thérèse* et à votre collègue de travail.

Furieux, Vincent coupa la communication :

– C'est ça, mes fesses, la bise au chien ! T'as le bonjour de la limace…

Dédé, qui pataugeait dans le sable vasard à une cinquantaine de mètres de là, interpella son ami.

– Ce serait bien que tu poses ton foutu téléphone et que tu viennes m'aider. C'est farci de coquillages, par ici. Tu vois comme c'est bizarre : l'année dernière y avait rien dans le coin, et regarde, cette année, c'est truffé.

– T'as le bonjour du procureur.

– Tu crois qu'il peut me diminuer les impôts locaux ?

– Non, c'est pas son truc à lui. Par contre, si tu veux aller au placard, c'est toujours possible, y a qu'à lui en causer. Il est à l'ouest… et moi en Afrique. On ne risque pas d'y arriver, comme ça.

– Tu lui as causé de notre affaire ?

– Devine… Tu crois que je l'ai appelé pour avoir la météo ?

– Qu'est-ce qu'il en pense ?

– Gendarmes.

– Mais encore ?

– Gendarmes.

– C'est-à-dire ?

– C'est-à-dire qu'il faut qu'on arrête, que je ferme mon claque-merde, qu'on ramasse des palourdes et, accessoirement, qu'ils continuent entre eux. Le proc et les godasses à clous, les porteurs de boîte à cornes, les traîneurs de sabre…

– Tu me parais tellement fâché que je prends les paris : tu vas replonger le nez dans l'affaire dans moins de deux heures. Je te connais…

Vincent maugréa quelques minutes, puis il s'éloigna de Dédé pour être seul sur son banc de sable. Il avait besoin d'air. En ramassant des coques, une idée aussi saugrenue que vengeresse lui vint à l'esprit.

Et si…

UN PIÈGE

Il appela immédiatement Fabien.

– J'ai besoin de toi. Qu'est-ce que tu as écrit au sujet de Besse ?

– Presque rien. On n'avait pas assez de billes, hier soir. J'ai simplement dit qu'un gars bien connu des services de police avait pris des balles à Arcachon.

– Parfait. Je vais te donner un tuyau. Besse n'est pas mort. Il n'est que légèrement blessé et ses jours ne sont pas en danger. Deux balles dans l'épaule. Il est au centre hospitalier d'Arcachon. Les gendarmes ont prévu de l'entendre après-demain à 14 heures, car il devrait quitter l'hôpital très vite.

– Ah bon ? Hier, il était donné pour mort !

– Ça arrive plus souvent qu'on ne le croit. Les gars criblent un gus de balles, et le mec s'en sort comme une fleur. Il n'y a de la veine que pour la canaille. Tu peux publier ça sans risques. Tu sais que j'ai de très bons rapports avec les gendarmes.

– Toi ? De bons rapports avec les gendarmes ? Laisse-moi rigoler ! Tu es sûr de ce que tu avances ?

– Tu m'ennuies, avec cette manie de journaliste de vouloir toujours tout vérifier.

– Avec toi, je me méfie. T'es quand même spécialiste du billard à cinq bandes.

– Écoute, Fabien, sors-moi ça demain et je te garantis un scoop dans les jours à venir.

– Bon, je vais le faire. Mais je ne le sens pas trop, ton truc…

– Dans le pire des cas, t'auras écrit une connerie et ça ne sera pas la première fois. T'es immunisé.

Puis il appela Müller.

– Tu peux me scanner les photos d'identité judiciaire d'Alex le Fada et me les envoyer sur mon téléphone ?

– T'as pas encore fini avec cette histoire ? Tu as largement dépassé les bornes. Le proc a encore appelé le directeur pour se plaindre de toi. Le dirlo m'a demandé de te contacter et de te faire rentrer immédiatement de vacances. Il est furieux.

– Je suis incontactable, je suis en Afrique.

– C'est de pire en pire.

– Dépêche-toi de m'envoyer les photos.

Dédé continuait sa cueillette en boudant tandis que Vincent devenait fébrile. Il appela Momo.

– Momo, j'ai réfléchi. Je vais te décrocher. Tu pourras même récupérer ton stock de pinard. Je te demande un seul truc. Je veux savoir le plus vite possible avec quelle voiture se balade Alex le Fada. Marque, modèle, couleur, immatriculation. Tu me fais ça illico, et je te sauve. Si j'ai pas ça demain matin, je t'enfonce. Je te donne à la crim, et ils te serrent sous vingt-quatre heures.

– Je veux bien, Vincent, mais comment je fais ?

– Tu te débrouilles. Va traîner dans les rades qu'il fréquente, renseigne-toi, demande où il est. Je ne suis pas informateur, moi, je suis poulet, alors, tu te démerdes, sinon c'est la ratière.

– Je risque de me faire griller.

– C'est ton problème. Tu préfères que ce soit moi qui te grille ? Si tu bosses bien, tu ne risqueras plus rien de Lafont. Je t'arracherai à son affection.

Vincent raccrocha et lança :

– Fais pas la tête, Dédé, je suis à toi !

– Pas la peine, c'est trop tard. Je me suis tout tapé tout seul.

– Fais pas la gueule. Je te sers l'apéro et je mets le couvert. Ouvre les huîtres. Ça y est, je suis peinard. Au moins jusqu'à demain.

– Qu'est-ce que tu as encore manigancé ?

– Je prépare un coup de pêche, avec un fil très fin et un leurre frétillant. Je risque de me faire casser, mais faut essayer.

– Et tu comptes attraper quoi, avec ça ?

– Un gros congre.

Pendant que Dédé faisait la sieste, Vincent partit faire le tour de l'île à pied. Les nombreux oiseaux semblaient indifférents à sa présence, ne levant même pas le bec sur son passage, trop occupés qu'ils étaient à capturer dans le sable les nombreux vers rendus vulnérables par la marée basse. L'endroit était idéal pour la cueillette des clovisses, pétoncles et autres bigorneaux.

Le coquillage le plus amusant à capturer restait le couteau, dont la présence en profondeur dans le sable était trahie par un léger tumulus au centre duquel se distinguait une petite dépression. L'œil devait être exercé. Une fois la cachette du coquillage repérée, il suffisait de la saupoudrer de sel de mer ; le couteau, croyant qu'il s'agissait de la marée montante, revenait à la surface, où il n'y avait plus qu'à le saisir.

Cette technique rappelait à Vincent certaines pratiques policières.

À son retour, *Marie-Thérèse* flottait à nouveau sur le bord de l'estey et Dédé attendait sagement en fumant une cigarette.

– Cette fois-ci, tu feras mieux dégorger les coquillages, qu'on ne mange pas trop de sable.

Le courant de marée aida *Marie-Thérèse* à regagner le port à bonne allure, à la grande satisfaction de Dédé.

– C'est une vraie bombe !

– Ouais, avec le courant dans le dos ! Sinon elle recule, ta bombe…

Dédé, à son habitude, haussa les épaules.

– Dédé, j'aurais besoin de ta voiture, tu me la laisses ?

– Ma 4L ?

– Ben, oui. À moins que tu aies une limousine planquée par là.

– Je veux bien, mais t'en prends soin.

– T'inquiète pas, je ne vais pas m'inscrire à un rallye.

Alors qu'il avait regagné *Méa*, Vincent reçut les photos envoyées par Müller. Face, profil et en pied. Lafont portait sur le visage et dans le regard une violence mal dissimulée. Vincent s'absorba un long moment dans l'examen des photos pour être certain d'en mémoriser tous les détails.

Le front était étroit et bombé, resserré au niveau des tempes, le nez relativement long et légèrement aquilin, le menton fuyant, les sourcils nettement saillants sur des orbites marquées, les cheveux noirs et abondants malgré un début de calvitie temporale. L'homme était plus grand que la moyenne, mince, voire efflanqué.

Vincent fouilla les coffres du voilier pour en sortir une bobine de cordelette très résistante, un couteau de gabier en inox et une paire de gants de caoutchouc orange habituellement réservés au traitement de la coque du bateau à la peinture antifouling. Mais il lui manquait quelque chose… et les magasins étaient fermés. Il alla dîner d'une pizza avant de rejoindre son bord et de se coucher. Avant de s'endormir, il reçut de Müller un dernier message qui le fit sourire : *surtout, fais pas le con.*

Le lendemain matin, à 7 heures, il était déjà installé à une table du bar-tabac-journaux *le Narval*. Il aimait l'atmosphère matinale de cet endroit. Les baies vitrées étaient couvertes de la buée créée par la vapeur des percolateurs, qui sifflaient comme des locomotives. Le patron cognait bruyamment les doseurs en inox sur la planche de son tiroir poubelle en lançant : « Un jambon-beurre et deux œufs durs pour Marcel. » Toutes les minutes, un gars mal réveillé entrait, saluait à la cantonade ou serrait quelques mains avant de s'asseoir à sa place en se frottant les yeux, devant un café qui arrivait sans même qu'il l'ait commandé.

C'était comme un jeu de rôles sans paroles dans un lieu de vie, pour un moment de vie. L'homme prenait distraitement un croissant qu'il enfournait, avalait son premier café et semblait seulement commencer à s'éveiller. Seuls les idiots sont brillants au petit déjeuner.

Puis les choses commençaient à s'animer.

– T'as vu ce perroquet, hier soir à la télé ?

– Sur quelle chaîne ?

– La deux. Quand tu penses que ce mec est candidat à l'élection présidentielle. On aura tout vu… Je suis sûr que c'est un gouin.

– Un quoi ?

– Un gouin, j'te dis.

– Ah !

L'un des clients s'avança devant la caisse pour régler ses consommations, mais d'abord il contempla longuement les jeux à gratter sournoisement placés juste sous ses yeux, et ajouta :

– Je vais prendre un joker, un millionnaire, un tac au tac, un euro-millions et deux paquets de blondes.

La note s'alourdit nettement, et le bénéfice de la matinée de travail s'était envolé avant même qu'elle ne commence.

Vincent saisit le journal du jour et rechercha la page des faits divers. Fabien avait tenu parole. Il aurait droit à son scoop. L'article était laconique mais parfaitement dans le ton souhaité.

> *Pierre Besse, miraculé, devrait donner aux gendarmes une explication à la tentative de meurtre dont il a été l'objet avant de regagner son domicile dans les jours à venir.*

Parfait, se dit Vincent en se frottant les mains.

– Patron, préparez-moi deux sandwichs à emporter, une bouteille d'eau et une bière !

Puis il chercha une quincaillerie ouverte et y acheta un sac de colliers d'électricien, en choisissant les plus longs, les plus solides.

Il restait à faire démarrer la 4L de Dédé, qui, selon son propriétaire, n'aimait pas coucher dehors. La guimbarde finit par s'ébrouer à l'issue d'une série de toussotements étranges. Vincent mit à profit le temps nécessaire à la montée en température du vieux moteur pour transférer les divers objets encombrant le coffre sur la banquette arrière, puis il prit la route de La Teste en direction de l'hôpital.

EN PLANQUE

Il choisit soigneusement son emplacement de stationnement suivant le simple et sacro-saint principe de pouvoir tout voir sans jamais être vu. Adossée à une haie végétale sombre sous les branches basses d'un pin parasol, coincée entre deux autres voitures, la 4L de Dédé ne se remarquait pas. Vincent avait une vue imprenable sur l'entrée du parking comme sur la porte vitrée de l'établissement.

La perspective d'une longue planque lui rappela ses débuts dans la police. Il fallait prendre ses aises : bien reculer le fauteuil à fond, pour éviter l'ankylose des jambes, incliner le dossier pour que la tête du guetteur ne se remarque pas. En l'absence d'appui-tête, le mieux était de s'enfoncer dans le siège, et de ne regarder qu'au-dessus du volant. Il fallait ventiler correctement l'habitacle pour éviter la buée, qui trahissait de loin une voiture occupée… et nuisait à la visibilité.

La radio de la 4L était, sans surprise, réglée sur Nostalgie, et Vincent s'en accommoda de crainte de dérégler l'appareil antédiluvien.

Momo appela. Curieusement, il chuchotait.

– J'ai ton tuyau, mais je ne peux pas te parler longtemps. Une vieille BM noire, deux portes, immatriculée dans le 33.

– Le numéro ?

– J'ai pas. Impossible. C'est un vieux modèle, avec les anciennes plaques de couleur noire. Tu t'occupes de moi ?

– C'est comme si c'était fait. Salut, Momo, et rase les murs.

Il ne restait plus qu'à tenir la planque, comme un chasseur à l'affût. Combien d'heures, pour quel résultat ? Peut-être aucun. Il devrait alors ramener la 4L à Dédé en bredouillant une explication évasive et deux remerciements.

Vincent connaissait bien le déroulement de ces planques. À la vigilance nerveuse de la première heure allait succéder l'engourdissement, le doute, la démotivation. Les minutes deviendraient longues, les heures interminables, et les montres ralentiraient. La torpeur ferait douter du bien-fondé de la surveillance puis, d'une seconde à l'autre, les choses pourraient basculer. Alors, il faudrait peut-être jaillir de la voiture, sans claquer la portière pour ne pas attirer l'attention, courir vite et silencieusement, surprendre, jeter au sol… Effet de surprise… toujours l'effet de surprise, qui crée la sidération, empêche toute réaction.

Vincent assista à la relève du personnel. D'abord les arrivants. Aides-soignantes et infirmières garaient leur voiture et entraient dans l'immeuble sans un regard pour la 4L. Puis les partants, dont certains regardaient distraitement cette étrange guimbarde en se hâtant de décamper vers des courses à faire, un enfant à récupérer à la crèche…

Il mit un moment à réaliser qu'en coupant la radio, le silence du parking lui permettait d'entendre le moindre bruit, et qu'il pouvait donc fermer les yeux de temps à autre sans risques. Il reconnaissait le son de la porte d'entrée de l'hôpital qui s'ouvrait et, vitres ouvertes, il entendait les pas des piétons et le bruissement de l'air dans les arbustes.

Contrairement aux apparences, l'immobilité qu'il fallait observer lors d'une planque était harassante : il fallait être aux aguets tout en restant décontracté pour s'économiser. De plus, on voyait toujours des choses étranges. Un homme entra et sortit une dizaine de fois de l'établissement, pour en sortir définitivement avec un énorme carton.

Une ambulance stationna plus d'une demi-heure devant l'entrée, moteur en marche, masquant partiellement la vue à Vincent, avant de s'en aller sans avoir chargé ni déchargé personne. Un écureuil multipliait les allées et venues devant le capot de la 4L.

À 13 heures, Vincent mangea son premier sandwich, mais but très peu d'eau pour éviter la pénible envie d'uriner qui s'accommode mal d'une position assise prolongée.

Difficile de réussir à faire gambader agréablement son esprit dans l'inconfort d'une voiture hors d'âge puant le poisson pourri.

Au bout d'un long moment, la nuit commença à tomber. Il semblait à Vincent qu'elle prenait tout son temps.

Subitement, le bruit rageur d'un moteur de voiture qui accélère, puis stoppe. Une portière qui claque. Mais toujours rien en vue. Un parking désert. Soudain, une silhouette s'avance à grandes enjambées, parcourt rapidement l'allée menant à l'entrée de l'hôpital, franchit la porte d'entrée vitrée et disparaît à l'intérieur.

Trop vite… et trop tard pour Vincent, qui a été pris de court. Il fulmine, il s'en veut d'avoir été si peu réactif. Effet de surprise encore et toujours, mais en sa défaveur cette fois-ci. Il aurait peut-être dû se garer plus près.

Entre chien et loup, difficile de dire si c'était Lafont, même si l'allure était ressemblante. L'échec était presque consommé. Vincent décida de jouer le tout pour le tout. Il quitta la 4L et sortit du parking. À l'extérieur, sur le bas-côté de la route, il n'y avait qu'une seule voiture en stationnement. Un vieux coupé BMW de couleur noire. Personne à bord, le capot moteur était chaud et l'échappement émettait les petits craquements caractéristiques d'un moteur surchauffé qui refroidit brutalement.

Dans sa précipitation, Vincent avait oublié son matériel dans la 4L et fut obligé de faire un rapide aller-retour, avant de se cacher dans les genêts à moins de deux mètres de la BMW.

À peine avait-il mis ses gants ridicules qu'un homme s'approchant de la voiture noire déclencha à distance le déverrouillage des portes. L'obscurité qui avait trahi le commissaire jouait enfin en sa faveur. Il sortit de sa cachette et poussa violemment l'individu dans le dos. L'homme tomba sur le ventre, sans mot dire, les mains en avant dans un réflexe de protection. Vincent lui mit immédiatement le genou droit entre les omoplates, pesant de tout son poids. Puis il lui saisit le poignet droit, et le retourna vivement dans le dos, avant de faire de même avec le gauche. Il lia les poignets de l'individu l'un à l'autre avec un collier d'électricien, qu'il doubla immédiatement d'un second plus serré, puis d'un troisième. Il passa ensuite sa cordelette autour du cou de l'homme avant de l'attacher à ses chevilles. Il lui était impossible de se débattre sans commencer à s'étrangler. L'homme avait été neutralisé en vingt secondes.

Vincent le fouilla et trouva, dans la poche droite de son blouson, un pistolet automatique SIG 9 mm. Il ressentit un grand soulagement. Il n'avait pas commis d'erreur. Il retourna l'homme, curieusement passif, et reconnut sans le moindre doute Alexandre Lafont, dit Alex le Fada.

– Qui êtes-vous, que me voulez-vous ?

– Rassure-toi, je roule pour personne. Ni Saakachvili, ni Dumas, ni Besse.

– Ok, j'ai compris. Pour Dumas, j'y suis pour rien.

– Je sais.

– Pour le Géorgien, c'est pas moi, c'est Besse qui l'a frappé. C'est pas moi.

– Et pour Besse ?

– Je ne sais rien. Si ce n'est qu'il a été blessé par balles, mais je sais pas par qui. J'espère qu'il va s'en sortir.

– Tu manques pas d'air ! T'es venu ici pour l'achever et t'espères qu'il va s'en sortir ? Tu raconteras ça au technicien balistique qui va constater que c'est ton pétard qui a tiré sur Besse.

– Pour Besse, je sais que c'est pas grave, alors, s'il faut que je mange, j'assume. Mais pas pour les autres. J'y suis pour rien.

– Allez, viens, on va aller faire un tour avec ta caisse.

– Vous allez me buter.

– J'ai aucune raison de le faire. À moins que tu sois désagréable. Je crois que j'ai mieux pour toi.

Vincent enferma Lafont dans le coffre de la BMW et prit la direction de la gendarmerie. Avec ses gants de vaisselle orange, il avait l'impression que tout le monde le regardait.

En examinant de loin la façade de l'immeuble de la gendarmerie, il remarqua qu'il était équipé d'une caméra de surveillance. Il se gara sur le côté, dans l'angle mort, tout près d'un banc public.

Il déchargea péniblement Lafont, l'installa sur le banc, l'y ligota soigneusement. Puis il prit le téléphone portable de l'homme et s'éloigna.

– Bouge pas, je t'envoie du monde. Vous, les voyous, vous avez deux mauvaises habitudes : lire systématiquement le journal pour avoir le compte rendu de vos exploits, et croire ce qui est écrit.

– Comment savez-vous que j'ai lu le journal ?

– Une sorte d'intuition…

C'était une de ces nuits noires sans lune, ce qui facilitait la tâche au commissaire. Avec un étrange plaisir, il appela la gendarmerie à l'aide du téléphone de Lafont.

– Écoutez-moi bien, je ne répéterai pas. Sur le banc, à côté de vos locaux, vous allez trouver un gars attaché. C'est Alexandre Lafont, l'homme qui a tué Besse. Faites-en ce que vous voulez. L'arme du crime est dans sa voiture, une BMW noire. Dépêchez-vous, il est capable de se détacher.

Un instant plus tard, il vit apparaître un gendarme qui contourna le bâtiment, aperçut Lafont et revint précipitamment dans l'immeuble pour en ressortir accompagné de deux autres militaires. Vincent sourit, jeta le téléphone de Lafont dans une poubelle, ses gants dans une autre, avant de prendre à pied la route de l'hôpital pour rejoindre la 4L de Dédé.

À BIENTÔT, DÉDÉ

Dédé semblait soulagé de récupérer sa voiture. Il semblait très curieux de savoir l'usage que Vincent avait pu faire de sa 4L.

– Ça s'est bien passé ?

– Impeccable. Elle roule bien.

– T'as été loin ?

– Non, juste à côté.

Dédé comprit qu'il n'en saurait pas plus.

– J'ai pas fait d'excès de vitesse, je n'ai renversé personne, rassure-toi.

– J'ai essayé de t'appeler, mais ça répondait pas.

– J'ai oublié mon téléphone au bateau.

Vincent avait délibérément laissé son téléphone sur *Méa* pour éviter d'être tracé.

– Qu'est-ce que tu vas faire, maintenant ?

– T'as vu la météo et l'horaire des marées ? Pleine mer demain à 9 heures du matin, vent sud-ouest 3 à 4 tournant ouest dans la soirée. Je m'en vais, Dédé, je m'en vais ! L'air d'ici devient malsain pour moi, et c'est pas à cause du pollen. En plus, mes vacances sont bientôt finies. Tu vas me ramener au bateau, je veux me changer les idées, passer quelques coups de fil et me coucher tôt.

– Tu reviens bientôt ?

– Bien sûr, Dédé, bien sûr, je ne t'oublierai pas… Mais, la prochaine fois, si tu peux éviter de ramasser un macchabée, ce serait mieux.

Une fois à bord de *Méa*, en voyant s'éloigner Dédé et sa 4L, Vincent changea d'univers. Il redevenait le marin épris de grands espaces, et son esprit n'était plus animé que par *Méa*, le vent, l'horaire des marées et les divers préparatifs qui conditionnent une navigation réussie. Un coup d'œil au voilier lui confirma qu'il était fin prêt. À la supérette voisine, il alla parfaire l'avitaillement de quelques citrons, d'un paquet de spaghettis et d'une sauce bolognaise toute prête, puis il alla boire un café au Narval. La télévision du bar alternait entre une course de chevaux à Vincennes et les informations locales. Deux représentants de commerce, debout au comptoir, discutaient vivement.

ARGUIN

Il rejoignit tranquillement *Méa*, fit chauffer le moteur, et largua les amarres. Il avait tout son temps pour rejoindre le mouillage de la conche du banc d'Arguin. De là, il serait au plus près des passes pour les franchir au petit matin.

Le courant aidant, il ne prit même pas la peine de hisser les voiles. À Arguin, il mouilla trente mètres de chaîne sur six mètres de fond de sable, avant d'éprouver la tenue du mouillage en tirant fortement en marche arrière. Il pouvait se reposer tranquillement, l'ancre tiendrait bon. Il était seul dans le mouillage. Il envoya un SMS à Sylvie avant d'éteindre son téléphone. Il prit encore son temps pour choisir une musique qui lui faisait envie et opta pour Bach, une transposition du Clavier bien tempéré pour piano, un peu jazzy. Puis il prépara son déjeuner à sa façon : rustique et roborative. Pour finir, il but son café dans le cockpit, exposé à une petite brise mordante, avant de réintégrer la cabine plus douillette, de s'allonger sur la couchette de navigation et de s'endormir profondément. Rien ne pouvait plus l'atteindre qu'un souci technique ou météorologique. Hors du temps et loin des hommes, il savait qu'il allait communier avec son bateau et les éléments naturels, s'interposer entre le vent, la mer et *Méa* pour les harmoniser.

Le soir, il écouta la météo marine à 20 h 05 sur France Inter. Les prévisions étaient aussi bonnes que la voix de la speakerine était paisible.

– Pas d'avis de coup de vent en cours ni prévu. Sud Gascogne : vent sud-ouest 3 à 4 tournant ouest 4, houle inférieure à un mètre, visibilité cinq à dix milles.

Les informations météorologiques étaient confirmées par la radio VHF du bord et par un baromètre stoïque.

À 20 h 45, il avait retrouvé la couchette du carré et lisait son roman en se laissant bercer par les quelques légères oscillations rassurantes de la coque du voilier. *Méa* somnolait dans une immobilité presque parfaite, à pic sur sa chaîne d'ancre.

– Sémaphore du Cap Ferret, de *Méa* sur canal 16, comment me recevez-vous ? Parlez…

– De Sémaphore : fort et clair, je vous écoute.

– De *Méa* : comment sont les passes ?

– De Sémaphore : praticables. Petite houle d'ouest. Pleine mer à 8 h 15.

– De *Méa* : je vais m'engager. Un homme seul à bord, direction nord, l'estuaire de la Gironde.

– De Sémaphore : bonne navigation. Terminé.

– Terminé pour *Méa*. Bonne journée à tous.

Vincent hissa la grand-voile, mais laissa le génois enroulé. On franchit les passes en mixte, et si la grand-voile appuie le bateau, l'essentiel de la propulsion se fait au moteur, vent droit dans le nez. Néanmoins, la grand-voile est à poste pour suppléer à tout incident mécanique et conserver un minimum de propulsion et de manœuvrabilité.

Méa s'engagea dans les passes, et le courant sortant devenait démentiel. Le voilier était tiré comme d'une sarbacane et la vitesse fond lue au GPS dépassait l'entendement, alors que la route surface semblait relativement faible. Si les satellites indiquaient onze nœuds, le speedo n'en trouvait que deux ou trois. Mais le paysage défilait très vite. Malgré le bruit du moteur, Vincent entendait gronder les déferlantes sur le seuil de la passe et les bancs de sable. Il amarra son harnais au fond du cockpit, le risque le plus important étant d'être éjecté du bateau par une vague vicieuse. Il savait, pour les avoir souvent franchies, que les passes du Bassin étaient les pires d'Europe.

Le premier train de houle arrivait déjà sur *Méa,* qui se cabra sous le choc. La deuxième vague était plus haute, plus rapide, plus hargneuse ; elle claqua contre l'étrave de *Méa,* dont le gréement vibra dangereusement. La troisième lame manquait de conviction, le seuil était déjà passé, la mer s'aplatissait, son grondement s'estompait. Elle avait consenti.

Vincent défit son harnais, déploya le génois, régla le pilote automatique sur le cap 295, et jeta un coup d'œil à 360 degrés sur l'horizon pour s'assurer de l'absence de risque de collision avant de descendre dans la cabine. La mer semblait vide, si ce n'était le gréement d'un ketch arborant fièrement ses deux mâts à la limite de l'horizon. Positionné dans le nord-ouest de *Méa*, il faisait route parallèle, mais bien plus au large ; ils ne risquaient pas de se gêner. Il arrêta le moteur, ôta son ciré, et se fit chauffer un café. Il n'entendait plus que le clapotis joyeux du sillage sur l'étrave du voilier. À l'oreille, *Méa* devait filer ses six ou sept nœuds, bien appuyé par ses voiles, et Vincent commençait à spéculer sur l'heure de franchissement de la passe sud de l'estuaire de la Gironde.

La vitesse du bateau et la tranquillité de la navigation le permettant, il mit deux lignes de traîne à l'eau, puis s'allongea dans le cockpit, les jambes couvertes d'une couverture. Il s'éloignait peu à peu du littoral bas, dunaire et morne, car il cherchait des sondes plus importantes.

Il était dangereux de naviguer sur les hauts-fonds des côtes basses, où la mer pouvait rapidement se mettre à déferler. L'eau n'était pas un danger pour un bateau dont c'était l'élément naturel, et un navigateur avisé craignait plutôt la terre. Par le passé, les femmes de marins bretons imploraient le ciel de cette façon : « Protégez nos maris de la terre... Lorsqu'ils sont en mer, ils se débrouillent. »

Et puis il y avait ce plaisir bizarre et immense de pouvoir regarder autour de soi et de ne plus rien voir que l'horizon, et être vraiment seul. Seul maître de son destin, de sa direction, de son devenir. Ce sentiment était révélateur de la personnalité. Plénitude pour les uns, peur panique pour les autres. Ne plus voir que le soleil qui se lève ou la lune qui se couche avec, sous les pieds, les abysses..., des centaines de mètres d'eau dont on n'était séparé que par huit millimètres, soit l'épaisseur de la coque. Savoir qu'on ne pouvait rien craindre ni espérer de personne, comprendre de façon instinctive, presque animale, qu'il ne fallait pas glisser, pas se blesser, pas tomber malade, pas s'intoxiquer avec des aliments douteux.

Joshua Slocum, redoutable marin américain et premier circumnavigateur en solitaire, entreprit, en l'an 1900, un tour du monde sur le Spray, un vieux bateau de onze mètres. Au milieu de l'Atlantique, il s'empoisonna en mangeant des prunes accompagnées de fromage blanc alors qu'une terrible tempête survenait. Pris de délire, il confia la barre du Spray au pilote de la Pinta, la caravelle de… Christophe Colomb ! Il discuta même longtemps avec lui avant de sombrer dans un coma de plusieurs jours.

Aller à l'avant du bateau se faisait lentement, avec des gestes coordonnés et réfléchis, et les appuis étaient vérifiés comme le ferait un alpiniste. Car la hantise universelle du solitaire s'appelait MOB. Terrible acronyme international, synonyme de mort cruelle d'un marin nageant, engoncé dans son ciré, et voyant son voilier sous pilote automatique s'éloigner à bonne vitesse, pour toujours. MOB : Man Over Board, pour les intimes, cauchemar du solitaire !

Combien de cadavres avaient été retrouvés la braguette ouverte ? L'homme de quart à moitié endormi tente de soulager sa vessie, mais l'obscurité l'empêche de voir arriver une vaguelette qui frappe sèchement la voûte arrière du bateau, et le déséquilibre d'autant plus facilement qu'il se cramponne à ce qu'il croit avoir de plus précieux, au lieu de se tenir fermement à un hauban… Combien d'équipiers ou d'épouses se sont réveillés au lever du jour, seuls à bord d'un voilier sur lequel ils étaient partis à deux ?

Les réactions à la vue de la terre sont très variables. Pour un marin heureux de revoir le profil d'une colline, un château d'eau ou un clocher d'église, combien d'autres se rembrunissent, ou se sentent oppressés par un retour vers leurs contemporains, vers la foule âpre et indifférente, vers les fausses obligations, et les vrais horaires des terriens ! Ceux-là voudraient que ça continue, toujours et encore, comme Bernard Moitessier en 1968, qui, venant de terminer en tête la première course autour du monde, ne s'arrêta pas pour être sacré vainqueur, mais continua par un autre tour du monde, pour aller se faire oublier dans le Pacifique Sud..., « pour sauver mon âme », disait-il.

– « Homme libre, toujours tu chériras la mer », écrivait le poète, alors que le philosophe se hasardait à ranger les humains en trois catégories, « les vivants, les morts, et ceux qui vont sur la mer ».

Une montagne, une ville, puis un immeuble, une route. On distingue une voiture qui passe, un feu de trafic routier, on voit des hommes, minuscules fourmis qui se pressent vers leur fourmilière... Puis on sent l'odeur de la terre mouillée après la pluie, on entend un klaxon. Bientôt, on passera les amarres dans un port inconnu. Dans une langue ou une autre, on commencera par vous demander vos papiers, on vous enjoindra de vous présenter sans délai à la capitainerie, mais aussi d'attendre la visite de la police et des douaniers... Avant même de vous dire bonjour, de s'inquiéter de votre état de fatigue, de votre santé ou de votre bateau, on vous demandera ces fichus papiers, alors que vous dormez debout, que vous rêvez d'une douche... La magie est terminée et une envie terrible de repartir vers l'horizon vous gagne, alors que quelques heures plus tôt vous attendiez tout de cet atterrissage. L'homme est ainsi !

Vincent fut tiré de sa torpeur méditative par le sifflement strident et ininterrompu d'un des deux moulinets de pêche. C'était le plus gros, un Penn Senator, qui hurlait en débitant des dizaines de mètres de fil. Il serra le frein du moulinet à la limite de rupture, enroula le génois pour ralentir le bateau, et commença à fatiguer le poisson. S'il tira bêtement, l'animal n'était pas trop combatif, et Vincent amena sans difficulté dans le cockpit le petit thon, qui lançait des coups de queue dans tous les sens, dispersant mucus et écailles sur les cordages.

Il sacrifia promptement l'animal pour abréger ses souffrances et détacha les filets bien dodus, qu'il mit immédiatement à cuire au jus de citron. Il renvoya le reste de la dépouille à la mer, rentra ses lignes et nettoya le cockpit à coups de seaux d'eau de mer…

– Je crois que j'ai un petit riz basmati par là…

Avant de redescendre, il lança l'inévitable regard périphérique pour s'assurer de l'absence de danger imminent. Si le rapide ketch avait disparu dans le nord-ouest, un bateau à moteur naviguait derrière *Méa*. Il prenait exactement la même route et pouvait le rattraper, même si pour l'heure il était bien loin.

– À surveiller, se dit Vincent.

Moins d'une heure plus tard, le vent se mit à refuser, et, jurant comme un charretier, Vincent remonta dans le cockpit pour virer, et tirer un bord plein ouest en attendant que le vent adonne. Vincent jeta un œil au bateau à moteur, qui n'avait pas gagné de distance sur *Méa* et semblait naviguer bien lentement… Peut-être était-il en action de pêche.

Alors que Vincent était reparti dans sa couchette, les voiles de *Méa* se mirent une nouvelle fois à faseyer. Le vent était descendu au sud et *Méa* allait pouvoir reprendre sa route directe vers le nord. De retour dans le cockpit, Vincent fut frappé de stupeur. L'étrange bateau à moteur avait lui aussi changé de route et suivait *Méa* cap à l'ouest. Vincent voulut en avoir le cœur net. Il fit virer *Méa* plein nord et s'installa confortablement dans le cockpit, les jumelles à la main. La grosse vedette grise changea de cap. Plein nord.

– Mais qu'est-ce que… On va voir ce qu'on va voir ! lâcha-t-il.

Il empanna brutalement et, cap au sud, se dirigea vers l'imposant bateau à moteur. Les bateaux se rapprochaient rapidement, et ce qu'il vit dans ses puissantes jumelles l'époustoufla. La vedette avait ralenti son allure, et trois membres de l'équipage s'affairaient à mettre à l'eau une embarcation semi-rigide. À l'étrave du bâtiment, en gros caractères de peinture noire, Vincent pouvait enfin lire « D. F. ». Douanes françaises pour les intimes. Vincent se demanda s'il devait être rassuré ou encore plus inquiet.

Un mégaphone hurla :

– Réduisez votre allure, nous allons monter à bord par votre arrière bâbord !

– Pas la peine de gueuler comme ça, je suis pas sourd… même si je navigue seul.

À l'approche du pneumatique, Vincent se renfrogna. Si l'embarcation était occupée par deux douaniers, un gendarme en tenue de combat les accompagnait. Ce dernier tenait un pistolet-mitrailleur, canon vers le ciel.

Après s'être hissés acrobatiquement dans le cockpit de *Méa*, les hommes reprirent leur souffle, et l'un des douaniers commença son interrogatoire :

– Vous venez d'où ?

– Arcachon.

– Combien de personnes à bord ?

– Je suis seul.

– Et la marque de votre bateau ?

– Jeanneau.

– Et qu'est-ce que vous transportez ?

– Des provisions pour 48 heures…

Le naturel moqueur et sarcastique de Vincent prenant le dessus, il descendit dans la cabine et remonta en tendant au douanier une poche de la supérette du port d'Arcachon contenant ses provisions. Loin de se démonter, le douanier fouilla le pochon et en examina le ticket de caisse.

– Exact. Il va nous rester à prendre congé en vous souhaitant bonne route.

La curiosité avait gagné Vincent.

– Je suis policier. Vous cherchez quoi au juste ?

– Un voilier de marque Amel, immatriculé à Gibraltar.

– Un Amel, c'est donc un ketch.

– Un quoi ?

– Un ketch, un bateau à deux mâts. Y en a un qui m'a dépassé par l'ouest ce matin. Il faisait route plein nord au large, comme s'il voulait aller directement sur l'île d'Yeu ou la pointe de Bretagne.

– Hier, il a été survolé au nord de Gijón et on l'a perdu cette nuit.

– Pas étonnant, c'est un bateau en polyester. S'il descend son réflecteur radar, vous n'avez plus d'écho. Il lui suffit de changer de route et de naviguer tous feux éteints. Et il fait dans quoi, l'équipage de ce bateau ?

– La coke. Entre la République dominicaine et la Hollande.

– Et qu'est-ce que Gibraltar vient faire là-dedans ?

– Rien. C'est le quartier d'inscription maritime du voilier, qui appartient à une société de location de bateaux de luxe qui travaille beaucoup aux Antilles. Bref, il faut qu'on y aille ! Désolé pour le dérangement, et merci du tuyau.

L'équipage rejoignit la vedette, qui poussa ses moteurs à pleine vitesse cap au nord-ouest. Par un hublot de la timonerie, Vincent put voir un officier pendu au combiné radiotéléphonique, ponctuant son discours de gestes amples. Il apprécia de retrouver le murmure paisible de *Méa*, qui filait gentiment ses cinq nœuds.

PASSE SUD

Méa s'approchait à bonne vitesse de l'estuaire et l'heure était venue de pointer vers la côte pour emprunter l'étroite passe sud. Vincent devait laisser le majestueux phare de Cordouan sur l'avant-gauche pour s'approcher de la pointe de la Négade, protégée par le traître banc des Olives. Il fallait éviter de trop s'approcher de ce banc de sinistre réputation et le garder prudemment sur sa droite. Mais il fallait aussi conserver sur sa gauche les bancs du Chevrier et du Gros Terrier, et donc se faufiler, pour finir en rasant les rochers Saint Nicolas et la pointe de Grave. Il fallait également veiller à ne pas se laisser dériver de sa route par les puissants courants de la Gironde. L'exercice était moins périlleux depuis l'invention du GPS, mais n'en nécessitait pas moins une attention soutenue car l'erreur n'était pas permise.

Vincent se souvenait d'une entrée par très mauvais temps, sans aucune visibilité et, bien sûr, sans GPS. Il n'avait dû son salut qu'à la découverte d'une bouée du balisage latéral sortant miraculeusement de la brume et qui lui avait permis de recaler sa navigation. Il n'avait plus d'eau sous la quille et l'alarme du sondeur couinait lamentablement pour alerter le navigateur égaré d'un échouage prochain et augmenter son anxiété. Ce jour-là, les passes franchies, il avait relâché avec soulagement au port de Royan. Le maître de port n'avait pas voulu croire qu'il venait du sud, car pour lui les passes étaient infranchissables ce jour-là.

Du XVIe au XIXe siècle, le commerce maritime bordelais était florissant, et bon nombre de voiliers empruntaient les passes de l'estuaire, préférant la grande passe de l'ouest, plus large et plus profonde, bien que bordée côté terre par les bancs de la Coubre et de la Mauvaise, côté mer par les battures de Cordouan. Et même après la construction du majestueux phare de Cordouan, achevée au début du XVIIe siècle, les naufrages étaient monnaie courante.

En ce temps-là, la pointe du Médoc était peuplée de miséreux vivant très pauvrement de chasse, de petit pastoralisme et d'expédients. Pour cette population de va-nu-pieds, l'échouage d'un voilier de commerce de retour des mers du Sud manquant les passes pour finir sa course sur le banc des Olives était un don du ciel. À la marée basse suivante, et à pieds presque secs, les brigands venaient piller le navire, s'emparant des barriques de rhum, des épices, des pierres et métaux précieux et autres étoffes. Ayant parfois rencontré de la résistance de la part de l'équipage, ils prirent l'habitude de trucider les marins, allant jusqu'à les dépouiller de leurs bottes.

La navigation était alors très approximative et, à l'issue d'une traversée océanique, il n'était pas rare de se tromper de plusieurs centaines de milles. Mais ces occasions fortuites de naufrage n'étaient pas assez nombreuses aux yeux des indigènes, et les habitants de la pointe de la Négade (qui signifiait « noyade » en patois gascon) apprirent à forcer la chance en mettant au point une pratique scélérate : on faisait tanguer l'âne… La technique consistait à installer une torche éclairante sur le bât d'un âne, et, à la nuit tombée, de faire marcher l'animal à pas lents sur la plage. À chaque pas, la lumière apparaissait ou disparaissait à une cadence régulière, imitant à s'y tromper les éclats d'un phare maritime. Cette besogne était confiée à un enfant pendant que les hommes, cachés dans les dunes, préparaient l'assaut. Leurrés par la lumière, les bateaux venaient s'échouer dans ce coin désert, et les pillards passaient sauvagement à l'action. Pas de quartier, pas de prisonniers, aucun témoin !

Le nombre d'épaves recensées sur les cartes marines atteste que le commerce triangulaire, s'il engraissait les bourgeois bordelais, n'était pas de tout repos pour les marins. Les négociants bordelais se plaignirent des agissements de ces sauvages de la pointe du Médoc, et des expéditions militaires furent organisées. Mais, sur place, ils ne trouvèrent que de paisibles bergers, plus innocents que leurs agneaux. Aujourd'hui, les Médocains détestent qu'on leur rappelle leur ascendance de pillards sans scrupule… comme si l'on était comptable des agissements de nos aïeux.

Avant de trop s'en éloigner, Vincent jeta un regard admiratif et respectueux au phare de Cordouan, saluant ainsi le Versailles de la mer. Roi des phares et phare des rois, son édification ruina Louis de Foix, qui ne vit pas son achèvement, mais laissa à la postérité l'un des plus beaux monuments de notre pays.

Méa vira la pointe de Grave pour se diriger vers Port-Médoc, récente marina que l'on croirait avoir été construite au milieu de nulle part ; elle s'explique par l'histoire maritime de l'anse de la Chambrette, où l'on choisit de créer ce moderne parking à bateaux.

L'ANSE DE LA CHAMBRETTE

Les coordonnées géographiques de l'anse de la Chambrette étaient connues des meilleurs marins d'Europe. Protégée de tous les vents, avec un fond de très bonne tenue pour les ancres, la discrète anse de la Chambrette a été, de tout temps, un fameux abri pour les navigateurs ayant besoin de relâcher ou de se cacher, et ce depuis… la nuit des temps.

En route vers le sud, à la recherche de terres à vignes, les Vikings relâchèrent dans l'anse de la Chambrette avant de reprendre leur route vers le cap Finisterre, l'Espagne et le Portugal. Plus tard, Pythéas, célèbre navigateur marseillais chargé par les commerçants de sa ville de chercher une route maritime vers l'Europe du Nord, s'y arrêta. Il y relâcha et y fit aiguade sans difficulté. Quelques semaines plus tard, naviguant plus au nord, le Marseillais incrédule découvrit, après avoir passé la pointe de Bretagne, la neige et la glace. Lorsqu'il revint à Marseille, il parla de l'eau solide et du coton glacial tombant du ciel. Pythéas s'attira les quolibets jusqu'à sa mort, bâtissant la réputation de hâbleurs des Marseillais. Et, pourtant, il avait découvert la seule voie maritime permettant aux marchands d'éviter de traverser l'Europe par voie terrestre et de se livrer aux bandits de grands chemins.

Durant les guerres napoléoniennes, la flotte anglaise se cachait dans l'anse de la Chambrette, et attendait la marée montante, préparant ses canons et ses brûlots, pour attaquer Bordeaux en projetant ses bateaux remplis de poudre dans le mouillage encombré du port de la Lune, et se retirant à marée descendante avec force canonnade contre les immeubles des riches négociants des quais..., laissant les bateaux français au mouillage être la proie des flammes.

Quelques corsaires français s'y sont embusqués, faisant aiguade, reprenant des forces ou attendant de prendre à l'abordage un imprudent égaré par là.

Durant la Seconde Guerre mondiale, un commando anglais de six hommes largués par un sous-marin au large de Soulac se cacha plusieurs jours à l'anse de la Chambrette avant de rejoindre Bordeaux en kayak et de faire exploser de nombreux bateaux allemands. Les vases du fond de l'anse doivent encore garder secrètement l'histoire de ce lieu épique.

Aujourd'hui, on ne mouille plus à la Chambrette. On n'entend plus aucune chaîne d'ancre défiler bruyamment au davier d'étrave d'un bateau corsaire sentant le coaltar, le brai et le chanvre des cordages. On n'entend plus les ordres vociférés par un bosco ivre ni la flûte du gabier ou la voix du mousse qui chante à la nuit tombée, assis sur le guindeau d'étrave.

On prend la place C32 du parking à bateaux attribuée par la capitainerie par internet ou par radio, on paye par carte bancaire et on a accès aux sanitaires avec un badge. Pas de bistrot enfumé hanté par quelque tatoué braillard et aviné racontant son premier passage du cap de Bonne-Espérance, mais un distributeur de boissons non alcoolisées mettant clairement en garde contre les dangers des boissons sucrées.

Va pour la place C32... maugréa Vincent. *Méa*, perdu au milieu de tous ces bateaux fermés, semblait être le seul voilier en escale. À la nuit tombée, il n'y avait que lui à être éclairé, et, de retour de la douche au bloc sanitaire, Vincent se sentit bien seul en arpentant les pontons déserts. Elle était loin, l'atmosphère des ports de Bretagne sud où les bateaux entraient et sortaient à toute heure du jour et de la nuit, où l'on s'invitait d'un cockpit à l'autre, l'un portant une bouteille, l'autre une douzaine de maquereaux, un troisième sa bombarde ou son biniou.

Vincent dîna de son petit thon cuit au citron, accompagné de riz et de vin blanc. Il fit le tour du port à pied, mais s'arrêta, stupéfait, à l'approche du ponton visiteurs. Un ketch ! Un Amel 64 ! Dix-neuf mètres de luxe, et à l'arrière du bateau une inscription : *Magic Lady* – Gibraltar. Il lui fallut plusieurs secondes avant de réaliser qu'il ne pouvait pas rester là, quasiment pétrifié, les yeux écarquillés et les bras ballants, sans risquer d'attirer l'attention. Aussi, il reprit sa promenade d'un air qu'il voulait dégagé, puis commença à réfléchir.

– Zut ! Moi qui ai envoyé les douaniers vers le nord ! Ces salopards sont de sacrés malins. Ils n'ont même pas pris une place, prêts à larguer les amarres.

Il remarqua qu'une fenêtre du bloc sanitaire donnait directement sur le ponton visiteurs. Une aubaine ! Son badge lui donnant accès aux toilettes, il se retrouva quelques instants plus tard debout sur une cuvette de w.-c., avec une vue imprenable sur le cockpit de *Magic Lady*. Quatre hommes d'une trentaine d'années et d'allure athlétique étaient assis en vis-à-vis dans le cockpit de l'Amel. Ils étaient vêtus de survêtements bleu marine identiques ornés d'un gros écusson doré et d'inscriptions que Vincent ne pouvait pas lire. Ils buvaient bière sur bière en riant bruyamment, se racontant des histoires inaudibles et faisant mine de se congratuler. Ils avaient l'allure parfaite d'une équipe de sportifs fêtant une victoire. Mais Vincent trouvait le temps long et, même en changeant d'appui de pied régulièrement, il se sentait gagné par l'ankylose.

Une clameur provenant de l'Amel le tira de sa léthargie. Les quatre hommes acclamaient l'arrivée de quatre autres gus, vêtus de bermudas et de chemisettes identiques et qui traînaient chacun une valise à roulettes. Les arrivants montèrent à bord, puis les quatre autres quittèrent le bateau avec, chacun, une grosse valise noire.

Sans comprendre leur manège, Vincent décida de quitter rapidement sa cachette pour aller voir ce qui pouvait bien se passer sur le parking, hors de son champ de vision. Les quatre hommes en survêtement chargeaient leurs valises dans le coffre d'un minibus de location immatriculé en France, au volant duquel était assis un gaillard blond habillé de la même manière. Une minute plus tard, le minibus quittait le port avec ses cinq occupants.

Quant à l'Amel 64, son moteur tournait au ralenti. Un homme en bermuda dédoublait les amarres avant de monter à bord. D'un coup de propulseur d'étrave, l'élégant voilier s'éloigna majestueusement du ponton pour disparaître rapidement dans l'estuaire.

Vincent resta pantois… Il ne se passait plus rien, il n'y avait plus personne dans la marina, et il rejoignit *Méa* en se demandant s'il n'avait pas rêvé. Il s'installa dans le cockpit, un whisky à la main, en essayant de mettre de l'ordre dans ses pensées. Il avait involontairement envoyé les douaniers sur une fausse piste en leur disant que le ketch était parti vers le nord. Il s'en voulait, mais il pouvait se racheter en les remettant sur la bonne voie.

Il appela Théo.

– Je te réveille, je sais, mais est-ce que tu peux contacter un responsable de la Direction nationale des Enquêtes douanières au plus vite ?

– T'as vu l'heure qu'il est ? Et qu'est-ce que tu brandouilles encore ? T'es branché avec les gabelous, maintenant ?

– Théo, fais pas le con, trouve-moi vite un mec de la DNED de permanence et dis-lui qu'il m'appelle sur-le-champ !

– Tu m'auras tout fait…

Et Théo réussit. Moins d'une demi-heure plus tard, un inspecteur des Douanes appelait Vincent. L'homme comprenait vite, écoutait sans interrompre, se contentant de demander quelques précisions. Par chance, il connaissait l'affaire en cours.

– C'est simple, résuma Vincent. La nuit dernière, ils vous ont enfumé avec le voilier. Ils ont descendu le réflecteur radar, coupé la radio AIS, éteint les loupiotes et fait route au nord-ouest, sachant que vous alliez les perdre, mais deviner leur route. Et là, subitement, ils ont viré à l'est et sont entrés au Verdon, vous comprenez ?

– Jusque-là, oui, mais après ?

– Simple. Ils débarquent l'équipage et la came. Une équipe de la société de location prend la relève et repart vers le sud, direction Gibraltar. Là-dessus, nos quatre gugusses partent vers la Hollande en tenue d'équipe sportive de lutte gréco-romaine dans un minibus immatriculé en France, qu'ils vont troquer pour un véhicule du même genre immatriculé en Hollande afin de rentrer au pays.

– Joli. On va essayer de les coincer à la sortie de France, mais, avec la libre circulation intra-européenne et la suppression des contrôles aux frontières, c'est pas gagné !

– Je vous dis… merde ! Et je vais dormir un peu.

– Un grand merci !

UNE RIVIÈRE NOMMÉE GARONNE

Le lendemain, *Méa* quitta sans regret Port-Médoc, s'aligna sur le chenal parfaitement balisé menant à Bordeaux. Rouge, vert, rouge, les bouées défilaient à grande vitesse et *Méa*, poussé par le vent et le courant de marée, détalait sur le tapis roulant de la Gironde qui, heure après heure, se chargeait un peu plus de limon pour devenir couleur café au lait.

Sur sa gauche, la Saintonge, la langue d'oïl, les falaises de pierre calcaire, les maisons troglodytes de Meschers, les collines verdoyantes, puis l'imposante citadelle de Blaye. Sur sa droite, la langue d'oc, les vignobles du Médoc, ses rangs tirés au cordeau sur un terroir de graves. Des maisons bourgeoises et d'authentiques châteaux faisaient face à la rivière, exhibant orgueilleusement leurs plus beaux atours à la mer et aux marins, et montrant délibérément leur derrière aux terriens.

À une telle vitesse, il était facile de se tromper de route, de quitter le chenal sans s'en rendre compte pour ne plus jamais le retrouver… et finir par s'égarer parmi les épaves visibles ou immergées, hérissées de ferrailles redoutables laissées là par les Allemands lors de leur départ. Comme s'il suffisait de signer l'armistice, de s'excuser d'être venu, et de partir en laissant ses poubelles – blockhaus et barbelés compris.

Vincent laissa Pauillac et son port éternellement envasé sur sa droite. Puis, après qu'il eut franchi le bec d'Ambès, le vent tomba et il dut mettre au moteur. Tout en surveillant son cap et le défilement des bouées, il rangea soigneusement ses voiles et se prépara à l'atterrissage. Il était en avance sur la marée et devrait patienter au ponton d'attente qu'on lui ouvre les écluses du Bassin à flot. Après avoir laissé le port industriel de Bassens sur sa gauche, il passa sous l'imposant pont d'Aquitaine et vint s'amarrer au ponton d'attente.

Sylvie et Pierre étaient là, en tenue de ville. Ils sautèrent à bord avec allégresse. Théo Müller était planté sur le ponton, avec son air des mauvais jours, les bras croisés, parfaitement immobile, le regard noir.

– Allez, monte, Théo, tu m'engueuleras plus tard.

L'entrée au Bassin à flot par les écluses était un divertissement, et il n'y avait jamais trop de bras pour reprendre le mou des amarres ou éloigner le bateau du bajoyer lors du remplissage du sas par l'eau bouillonnante. L'éclusage d'un frêle voilier de croisière donnait à son skipper une impression de puissance et d'autorité uniques, car, pour permettre au bateau d'entrer au Bassin à flot, il fallait manœuvrer des écluses de plusieurs tonnes, initialement prévues pour de gros cargos, faire tourner un pont routier sur son axe central, stopper le trafic des voitures, arrêter les bus, les tramways, les piétons et les cyclistes, isoler le quartier de Bacalan du reste du monde, mobiliser quelques employés du port, et le tout… gratuitement. Certains automobilistes, rongeant leur frein depuis dix minutes devant une barrière fermée et un feu rouge clignotant, étaient médusés de voir passer sous leur nez un seul et unique insouciant petit bateau de plaisance.

BASSIN À FLOT N° 2

Le Bassin à flot n° 2, sommairement aménagé en port de plaisance, était une sorte de cour des miracles nautique. Sa population allait du riche propriétaire d'une grosse unité hauturière ayant choisi de faire hiverner son bateau près de lui au pseudo-marin et authentique traîne-savates, en partance imminente pour un tour du monde à bord d'un bateau dessiné par Dubout et parfaitement incapable de franchir les écluses.

Le premier ne faisait que de discrets passages les week-ends et jours fériés, et si l'on connaissait son prénom il parlait peu, voire jamais, de ses pérégrinations nautiques. Le second pouvait disserter des heures durant sur les difficultés de navigation de l'océan Indien, la puissance des vagues des quarantièmes rugissants, et il s'en fallait de quelques whiskys pour descendre avec lui l'Amazone ou le Yang-Tsé-Kiang. Et ce n'était qu'en embarquant le fier navigateur pour un petit convoyage que l'on découvrait qu'il n'avait jamais vu un voilier gîter, tapant dans les vagues avec l'entêtement d'un chien de traîneau, qu'il ne savait ni se tenir debout sans heurter quelque chose ni régler une voile et encore moins barrer correctement.

Pour accéder aux pontons de plaisance, il fallait longer la base sous-marine, véritable monstre de béton gris puant la mort. Construite par les Allemands pour abriter leurs sous-marins U-boats, tueurs de liberty-ships, elle était là, témoignage de la folie des hommes. Si le IIIe Reich, qui devait durer un millénaire, ne résista pas aux coups de boutoir des Alliés, la verrue allemande était encore là pour quelques siècles encore. Car, malgré de sérieuses recherches, on n'avait à ce jour trouvé aucun moyen de la détruire.

Alors que *Méa* reculait lentement vers sa place, Pierre saisit l'orin de la bouée d'amarrage d'étrave, et Sylvie sauta à terre avec les amarres arrière, qu'elle tourna rapidement aux taquets. Le moteur se tut. Les ailes repliées, *Méa* commençait à s'engourdir paisiblement.

Vincent était tout à son affaire. Toujours sur *Méa*, encore en mer, et déjà avec Sylvie et Pierre.

– On pourrait dîner à bord, jouer les prolongations ? On est bien, là !

– Bien sûr. J'ai même porté du pain frais.

– Bon, alors, Théo, je t'écoute.

– Le taulier t'attend. Et pas dans huit jours, tout de suite.

– T'as vu l'heure qu'il est ? Il n'est pas à son bureau ! Il n'a pas de lumière à son vélo.

– Si, si. Il t'attend. Avec ton histoire chez les gendarmes, tu l'as fait passer pour un couillon. Et voilà que tu remets ça avec les douanes. Deuxième couche ! Lorsque le préfet de police l'a appelé pour le féliciter de la saine collaboration entre la PJ et les douanes, il est tombé de l'armoire. Et il a passé ses nerfs sur moi. Il paraît que je suis ton comparse dans une entreprise de déstabilisation destinée à le faire sauter !

– C'est vrai que t'as une tête de faux-cul…

– Bon, je me casse, je t'ai fait la commission.

– Théo, arrête ! Fais gaffe, tu vas tomber à la baille.

En sortant dans le cockpit pour brancher la prise électrique de quai alimentant le bateau, Vincent se figea. Deux véhicules de gendarmerie venaient de stationner sur le quai, et trois gendarmes marchaient sur le ponton en direction de *Méa*.

Vincent sentit monter en lui une furieuse colère.

– Commissaire Laffargue, je suppose ? essaya le plus gradé.

– Non, Vincent Laffargue..., « soi-disant commissaire » pour les pandores agricoles, parfois gardé à vue par la soldatesque, suspecté de crimes à ses heures par les porteurs d'uniforme, et pour l'heure capitaine de *Méa* qui vous refuse l'accès à bord sans motif légitime préalablement exposé. Messieurs les traîneurs de sabre, je n'ai rien à vous dire et vous pouvez réintégrer vos casernements. Je ne vous salue pas.

– On m'avait averti que vous aviez du sentiment. Je suis envoyé par le commandant de la compagnie.

– Comment va-t-il, ce bougre ? Vous penserez à lui faire la bise de ma part.

L'officier sourit, avant de reprendre.

– C'est également à la demande du procureur de la République que je viens vous rencontrer.

– Diable ! Et quelle série d'emmerdements nouveaux venez-vous m'annoncer ?

– Aucun, Monsieur le commissaire.

– Monsieur le commissaire... Nous voilà sur de meilleures bases, Monsieur l'officier. Je ne suis plus le Laffargue suspect et gardé à vue ?

– Faut comprendre... Parfois, au début des enquêtes, ça tâtonne.

– Précisez-moi rapidement l'objet de votre visite, car pour l'instant je n'ai aucune confiance. Par ailleurs, je suis en famille à Bordeaux, et je n'ai plus grand-chose à voir avec vos embrouilles arcachonnesques. J'attire toutefois votre attention sur le fait qu'ici, à Bordeaux, je suis officier de police judiciaire territorialement compétent, et qu'il pourrait tout à fait me prendre l'idée saugrenue de vous placer en garde à vue. Pour cela, je n'ai qu'à appeler un panier à salades.

– Pour quelle raison feriez-vous ça ?

– Parce que je vous considère comme suspect. Rassurez-vous, ça arrive à des gens très bien. Vous avez votre carte professionnelle ? L'uniforme ne fait pas le gendarme.

L'officier était intelligent et de bonne composition.

– Ok, commissaire. Un partout. Voilà ma carte.

– Bon, qu'attendez-vous de moi ?

– Que vous nous expliquiez. Vous avez dit au procureur que les trois cadavres constituaient une seule et même affaire. Et nous, on n'arrive pas à accrocher les wagons.

– D'accord. Je descends sur le ponton. Je vais tout te raconter. Demande à ton archer de me filer une clope, on va fumer le calumet de la paix. C'est quoi ton petit nom, capitaine ?

– Jean-Claude.

– Bien. Avant toute chose, permets-moi une question.

– J'écoute.

– T'es plutôt whisky ou pastis ?

– Whisky.

– Avec ou sans glaçons ?

– Sans.

– Jack Daniel's dix ans d'âge. Pierre, tu fais le service ? Bon, je t'explique. Saakachvili a été tué plus ou moins accidentellement par Alex Lafont, le mec que je vous ai livré bien emballé. Pourquoi ? vas-tu me demander. Lafont a été recruté par Pierre Besse pour filer une méchante rouste au Géorgien. Tu suis ?

– Jusque-là…

– Mais ce contrat avait en fait été commandité par Jacques Dumas ! Comme Besse ne se sentait pas de faire ça tout seul, il a embauché Alex le Fada. Besse et Dumas se connaissaient bien. Les bars, la roulette, les tables de poker, les voitures de sport. Tu vois le genre. Dumas, voyant que le Géorgien devenait dangereux pour ses affaires, a fait en sorte de l'intégrer à leur petit monde. Il l'a mis au jeu, à l'alcool et à la coke. Quand Saakachvili s'est retrouvé à court d'argent, Dumas l'a dépanné et, en douce, le Géorgien, tenu par les couilles, roulait pour la SIBA. Tu comprends ? Mais, lorsque la SIBA a raté quelques affaires que Saakachvili aurait dû prendre à Tovaritch, Dumas s'est mis à soupçonner le Géorgien de jouer sur deux tableaux. Et il y a eu explication.

– Je vois…

– Là-dessus, le Géorgien vient secouer le père Lartigue. Dumas demande à Besse de foutre une correction à Saakachvili. Tu suis ?

– Toujours, et encore.

– C'est bien, pour un gendarme. Besse accepte pour faire plaisir à son copain, mais il sous-traite à Lafont. C'est plus de son âge d'aller martyriser un gars. Saakachvili ne se laisse pas faire, ça tourne mal, et il finit moitié mort à la baille. À la découverte du corps, Dumas prend peur. Il a commandité une petite branlée, pas un meurtre, et il se voit mal donneur d'ordre d'un homicide. Il perd son sang-froid et évoque même devant Besse l'idée d'aller tout dire aux gendarmes. Tu imagines la suite ?

– Oui, Besse prend peur, et il bute Dumas.

– Exact. Et la suite, tu la connais. Lafont sent la connerie arriver et il bute Besse.

– Ça tient la route.

– Et moi, in fine, je vous livre Lafont…

– Va falloir étayer.

– Pas trop dur. Lafont avait sur lui le SIG qui a servi à buter Besse, c'est carré. En fouillant dans les affaires de la SIBA, vous allez découvrir que Dumas était en cheville avec Saakachvili. Après, il vous suffit de broder.

– Ouais… Et Tovaritch là-dedans ?

– Tovaritch ? Je vais te raconter une anecdote en forme de comparaison entre les mafias italiennes et les mafias russes, et ça t'aidera à réfléchir avant de t'en prendre à Tovaritch. À la tienne, Jean-Claude.

– À la tienne, Vincent.

BOESNER

Après le départ des gendarmes, Sylvie, Pierre et Vincent dînèrent paisiblement dans le carré de *Méa*.

– On dort à bord ? demanda Pierre.

– Oui, mais avant il faut que je fasse un aller-retour au bureau. Sylvie, je peux prendre ta voiture ?

– Müller m'a parlé. Le directeur veut ta tête. Fais vite, on t'attend. J'espère que tout se passera bien !

– T'inquiète pas, je vais le retourner comme une crêpe, le père Boesner.

En réalité, Vincent n'en menait pas large. Le directeur régional avait l'oreille de Paris et pouvait aisément faire muter le commissaire Laffargue. Et, sous ses airs de personne raffinée, Boesner était sans pitié. Sachant que Vincent ne pouvait se passer de la proximité de la mer, il n'aurait pas été étonné que Boesner lui prépare une nouvelle affectation dans le Jura ou le Massif central.

À son arrivée à l'hôtel de police, et avant même de descendre de voiture, il remarqua que le bureau du directeur était éclairé, tout comme celui de la secrétaire. L'heure était grave, et Vincent était de moins en moins assuré. Il frappa à la porte entrouverte du bureau de Boesner, qui répondit par un « Entrez ! » sinistre qui invitait plutôt à s'enfuir.

L'homme était physiquement impressionnant, et le courant n'était jamais passé entre eux. Boesner était immense, longiligne et efflanqué. Son visage était émacié et glabre, et ses pommettes saillantes semblaient n'être là que pour souligner un peu plus ses joues creuses. Ses yeux écarquillés lançaient, derrière des lunettes à fine monture dorées, des regards paralysants d'un bleu glacial.

Sa coiffure était particulièrement recherchée. Ses cheveux mi-longs soigneusement bouclés lui donnaient une allure romantique, presque beethovénienne. L'homme portait une attention maladive à son apparence, et les couleurs de saison de ses costumes étaient coordonnées à celles de ses chemises monogrammées et à celles de ses cravates. Il était toujours chaussé de bottillons de luxe, probablement réalisés sur mesure, et qui ne laissaient apercevoir qu'un centimètre de ses éternelles chaussettes de soie rouge. Aux doigts interminables de ses mains tout en longueur, blêmes et soigneusement manucurées, il portait plusieurs bagues dont une chevalière avec armoiries. Boesner s'exprimait lentement, posément, sur un ton bas et sourd, forçant ainsi son interlocuteur à lui prêter attentivement l'oreille. Il aimait par-dessus tout qu'on l'écoute. Cet homme n'avait jamais dû rire.

Quant à Vincent, le teint hâlé par ses journées au grand air, il avait renoncé à dompter ses pilosités exubérantes et sa tignasse aile de corbeau. Sa barbe de huit jours s'accordait parfaitement avec ses sourcils broussailleux et ses poils thoraciques débordant du col de sa chemisette. Son blue-jean portait quelques traces suspectes d'origines non identifiées et ses chaussures de bateau n'avaient jamais connu le cirage. Quant à sa montre de plastique noire, qui lui fournissait une heure précise, elle avait déjà suscité par le passé, de la part de Boesner, des regards mi-interrogatifs mi-inquiets, comme s'il était impossible de consulter une autre heure que celle de Genève…

Ces deux êtres ne pouvaient pas s'aimer. Boesner ne pouvait que reconnaître le sens de l'initiative et de l'investigation du commissaire Laffargue, même si cela lui pesait. Jésuite jusqu'au bout des ongles, il avait habilement peaufiné l'appréciation annuelle de Vincent : « Se sort avec habileté et élégance de situations dans lesquelles il n'aurait jamais dû se mettre. » Ce qui avait fait beaucoup rire Vincent.

– Alors, Laffargue, on se prend pour Zorro ! On fait le cabotin ! On va faire le zouave chez les gendarmes, mais on ne tient pas sa hiérarchie informée ! Et moi, je passe pour un con. Oui, Laffargue, je passe pour un con. Un coup c'est le procureur qui m'explique ce qu'un de mes hommes fabrique, une autre fois, c'est le colonel de gendarmerie ou c'est le préfet de police. Je passe pour un con et ça ne me plaît pas du tout. Et, comble de tout, je vous le donne en mille : hier soir, le directeur des Douanes m'appelle pour me remercier de ma collaboration ! De quoi, pourquoi, comment ? Je sais pas, et je continue à passer pour un con. Le parrain du milieu bordelais se fait dessouder à Arcachon, j'apprends par la presse qu'un de mes gars a arrêté l'auteur ! Et je dis quoi à Paris, j'écris quoi, j'explique quoi ? Laffargue, vous êtes fou ou pervers..., je ne sais pas. Je vais peut-être sauter, mais pas tout seul, je vous l'assure. Je vais vous calciner, vous cramer, vous pulvériser.

Boesner n'était plus blême, il était transparent comme un geko, comme un margouillat égaré.

– Je peux m'asseoir, ça dérange pas ? demanda Vincent en désignant une chaise à un Boesner hors d'haleine qui, compulsivement, tapait du pied la moquette.

Vincent s'assit d'un air décidé et lança au directeur d'un ton péremptoire :

– Monsieur le directeur, il ne vous a certainement pas échappé que je n'ai aucune sympathie pour vous, et peut-être encore moins aujourd'hui qu'hier. Je ne vous souhaite pas de « sauter », comme vous dites, et si vous m'écoutez une seconde nous allons sortir de tout ça avec les honneurs. Je vais faire le cuistre en citant Cocteau : « Puisque ces mystères nous dépassent, feignons d'en être l'organisateur. » Il y a un mois, vous avez reçu un tuyau d'un informateur personnel. Il y allait avoir du grabuge sur le Bassin. Besse allait sortir de sa préretraite. Le tout sur fond de casinos, de transactions immobilières, d'affairiste russe en délicatesse avec son pays d'origine. Vous avez longuement réfléchi, puis, au lieu de saisir la crim, les renseignements généraux où la DCRI, au risque d'indiscrétions et de fuites, vous avez judicieusement choisi de m'immerger dans le biotope pour observer ce qui se passait. L'emblème de la PJ est la panthère noire qui s'approche et se tapit silencieusement avant de fondre sur sa proie au moment opportun. Grâce à votre initiative assez hasardeuse, on a discrètement aidé les gendarmes à neutraliser la plus belle équipe de la région. Là-dessus, un autre informateur vous informe d'une livraison de coke hors norme. Vous me demandez de soutenir en toute discrétion une opération des Douanes, et de fait je les remets sur les rails et l'affaire a de fortes chances d'aboutir. Vous voyez, Boesner, ce qui me fascine chez vous, c'est ce sens de l'anticipation, ce flair, cette discrétion. Vous n'avez rien dit, vous avez agi, et avec l'aide de votre fidèle serviteur vous avez frappé. Frappé juste et fort. Ceux qui jusque-là ont été abusés par vos façons patelines vont savoir que vous êtes un tigre, et qu'il faut craindre jusqu'à vos sourires…

– Vous vous foutez de moi, Laffargue !

– Pas le moins du monde. Il faut subjuguer, Monsieur le directeur, subjuguer !

L'air grave, Boesner ouvrit lentement un tiroir de son bureau. Il marqua un temps d'arrêt en regardant Vincent dans les yeux. Puis il posa deux verres en cristal sur son bureau et brandit une bouteille de Jack Daniel's en déclarant tout de go :

– Laffargue, tant qu'on ne lui a pas vu le cul, à celle-là, vous bougez pas de là.

– À vos ordres… Non, non, sans glaçons !

FIN

RETROUVEZ D'AUTRES ENQUÊTES
MYSTÉRIEUSES ET POLICIÈRES
DANS LA COLLECTION SO NOIR
DES ROMANS MADE IN SUDOUEST

DU MÊME AUTEUR, AUX ÉDITIONS SO NOIR :

Les Bassins à flot et à sang
Panique au Grand Hôtel
Le Fugitif de l'île aux Oiseaux

disponibles chez votre marchand de journaux
et dans les librairies partenaires

Imprimé en France par CPI
en juin 2020

Dépôt légal : juin 2020
N° d'impression : 158927